Petra Weise

Vertrau mir, flüstert die Lüge

Roman

Bibliografische Information der Deutschen Nationalbibliothek
Die Deutsche Nationalbibliothek verzeichnet diese Publikation in der Deutschen
Nationalbibliografie; detaillierte bibliografische Daten sind im Internet über
http://dnb.dnb.de abrufbar

Titelbild: Petra Weise
Foto generiert mit Unterstützung von KI (ChatGPT, OpenAI)
Verlag: BoD · Books on Demand GmbH, Überseering 33,
22297 Hamburg, bod@bod.de
Druck: Libri Plureos GmbH, Friedensallee 273,
22763 Hamburg

ISBN: 978-3-8192-4436-0

Wer etwas durch Lügen erreicht hat,
wird es durch die Wahrheit verlieren.

Inhalt

Was war das für ein Geräusch? Ist ein Fremder in meiner Wohnung? Panisch stürze ich aus dem Bett und schließe mich im Bad ein. Zitternd hocke ich vor der Heizung und klammere mich daran fest, als könnte sie mich beschützen. Ich kann keinen klaren Gedanken fassen und lausche an der Tür.

Nichts. Ich höre nichts. Keine Schritte und auch keine Stimmen. Trotzdem wage ich nicht, die Tür zu öffnen. Ich müsste nach den Mädchen schauen und prüfen, ob bei ihnen alles in Ordnung ist, ob sie friedlich schlafen. Aber ich traue mich nicht. Was bin ich nur für eine Mutter, die sich im Bad einschließt, statt ihre Kinder zu beschützen?

Es klopft an die Badtür.

„Hanna!", ruft eine Männerstimme!

Woher weiß der Typ meinen Namen? Ich lösche das Licht, öffne das Fenster und schaue hinunter auf die Straße. Es ist kein Mensch zu sehen. Soll ich trotzdem um Hilfe rufen? Man soll nicht *Hilfe* schreien, sondern *Feuer*. Da stürzen die Leute aus ihren Häusern, um sich selbst zu retten und könnten am Ende auch mir helfen.

„Ist alles in Ordnung?"

„Verschwinden Sie! Mein Mann kommt gleich."

„Hanna! Dein Mann ist gestorben."

Was redet der Kerl? Ich habe gar keinen Mann. Ich wollte nur, dass er sich nicht sicher fühlt und gleich wieder verschwindet.

„Wer sind Sie?", keuche ich atemlos.

Ich höre den Kerl lachen. Ein Perverser! Er wird mir Böses tun. Oder meinen Mädchen! Vielleicht haben sie ihn längst gehört, kommen ahnungslos in ihren Nachthemdchen angetapst und laufen dem Typ direkt in die Arme.

Und schon höre ich Anni rufen: „Mami! Mami!"

Sie ist noch viel zu klein, um vorsichtig zu sein. Die Angst um Anni ist auf einmal größer als die Angst um mich. Ich greife meine Nagelschere, öffne hastig die Tür und stoße dem Mann blitzschnell die Schere in den Bauch.

„Au!", schreit er auf. „Bist du verrückt geworden?"

Sanft nimmt er mir die Schere aus der Hand und ich erkenne meinen Freund Lukas, mit dem ich seit über einem Jahr zusammenlebe. Gott, ist mir das peinlich.

„Nichts. Nur blöd geträumt."

„Wieder von diesem schrecklichen Unfall?"

Ich sage *Ja*, obwohl das gelogen ist. Lukas glaubt, mein Mann wurde von einem Auto überfahren. Aber es gab keinen Unfall und verheiratet war ich auch nie.

Mich plagt ein ganz anderer Albtraum, es ist immer der gleiche: Es ist Nacht. Ein Mann verfolgt mich. Ich kann ihn nicht sehen, weil es stockdunkel ist, höre nur seine Schritte, die immer näher kommen. Er packt mich und zischt: „Endlich habe ich dich! Deine Untat wirst du mir büßen! Ich habe sie nicht vergessen", und stößt mich auf die Straße. Dort bleibe ich liegen und taste nach meinem Kopf, der schrecklich weh tut. Meine Hand ist voller Blut. Ich sehe, wie ein Auto auf mich zurast. Es kommt schnell näher, aber ich bewege mich viel zu langsam wie in Zeitlupe und spüre bereits den Aufprall. Ich schreie und werde wach.

Manchmal mag ich gar nicht einschlafen, weil ich mich vor diesem Traum fürchte. Lukas glaubt, ich habe gesehen, wie mein Mann überfahren wurde und ist voller Mitgefühl, weil ich dieses Geschehen nicht vergessen kann.

Ich träume auch vom Krieg, von Schüssen, Bomben, zerstörten Häusern und schreienden Menschen. Dabei habe ich nie einen Krieg erlebt und schaue keine Kriegsfilme. Ich weiß nicht, was diese Träume auslöst, vielleicht die Nachrichten im Fernsehen. In denen wird ständig vom Krieg berichtet. Etwas Erfreuliches hört man nie.

„Du solltest endlich zum Arzt gehen."

„Und der gibt mir ein Mittelchen, mit dem ich nicht mehr träume?"

„Hanna, so geht das nicht. Du kommst keine Nacht zur Ruhe." Lukas schlingt seine Arme um mich und schon werde ich ruhiger. „Du musst eine Therapie machen, um deine Vergangenheit zu verarbeiten."

Verarbeiten. Wenn ich dieses Wort höre, geht mir die Galle hoch.

„Dort werde ich gefragt, wo und wann der Unfall

passierte. Du weißt, dass ich nicht darüber sprechen darf."

Natürlich plagt mich die Erinnerung an ein schlimmes Erlebnis aus meiner Vergangenheit, aber nicht
mit einem Auto. Ich habe getötet. Vielleicht. Doch
eine Mörderin bin ich nicht. Ich kann diese Nacht
nicht vergessen, mag aber auf gar keinen Fall darüber nachdenken und schon gar nicht darüber
sprechen. Ich will endlich vergessen, damit mich
die Angst vor Entdeckung nicht mehr jede Nacht
wach rüttelt.

Und weil ich vergessen will, lebe ich hier in Chemnitz. Hier kennt mich keiner, jedenfalls keiner von
früher. Außerdem begegnet man bei 250.000 Einwohnern höchst selten einem bekannten Gesicht,
kaum den Nachbarn hier im Viertel. Obwohl ich
Chemnitz zuvor nicht kannte, habe ich mit dem
Umzug in diese Stadt zufällig den allerschönsten
Stadtteil erwischt. Schloßchemnitz. In unmittelba-
rer Nähe gibt es den Küchwald, Parks, die lustige
Parkeisenbahn, viele Spielplätze, Gasthöfe und
wunderschöne alte Häuser. Wir leben direkt am
Chemnitzfluss und fühlen uns wohl hier.

„Gehen wir wieder ins Bett?", hauche ich. „Ich sehe
nur schnell nach Anni."

Anni ist meine Jüngste, seit Donnerstag zwei Jahre
alt. Ab nächsten Montag darf sie in den Kindergarten. Dann habe ich endlich mehr Zeit für mich.
Bereits in der letzten Woche durfte ich sie mit zum

Kindergarten nehmen, als ich ehrenamtlich zwei Stunden am Nachmittag auf die Kinder aufpasste. Ich will das jetzt jede Woche machen. Das steigert mein Ansehen und kommt mir irgendwann zugute. Meine Große besucht die gleiche Einrichtung. Ich habe den Platz für Nora ohne Wartezeit bekommen, weil ich alleinstehend bin.

Ich gebe Anni einen Kuss und decke sie zu. Sie schläft sofort wieder ein. Dann schlüpfe ich zu Lukas ins Bett.

„Hast du wieder an deinen Mann gedacht?", fragt er mitfühlend.

Ich nicke.

„Gibt es immer noch keine neuen Erkenntnisse über den Unfall?"

„Nein. Die wird es auch nie geben. Du weißt ja, dass ich nicht einmal seine Leiche sehen durfte."

Lukas umarmt mich und schaut mich dann mit gerunzelter Stirn an.

„Und wenn er gar nicht tot ist?"

„Wie meinst du das?"

„Du hast gesagt, dass es keine Beerdigung gab."

Ich seufze.

„Lass uns nicht mehr darüber reden! Ich mag nicht so gern daran denken."

Lukas umarmt mich noch einmal, löscht das Licht und schläft sofort ein, während ich noch lange wach liege. Mein ganzes Leben zieht nachts durch meinen Kopf, aber nicht geordnet, sondern durcheinander. Ich bin gleichzeitig ein Kind und eine Frau, die Kinder hat, die einen Mann liebt, während sie mit einem anderen verheiratet ist. Ich lebe in München und in fernen Ländern und weiß nie, was in die Wirklichkeit und was zur Fantasie gehört.

Lukas lernte ich in Noras Kindergarten kennen. Er machte dort ein Praktikum, weil er vom Sozialarbeiter zum Erzieher umschult, um mehr Geld zu verdienen und vor allem, um geregelte Arbeitszeiten zu haben. Hier in Sachsen ist jeder zehnte Erzieher in Kindergärten ein Mann. Das finde ich sehr ungewöhnlich, denn Männer interessieren sich höchst selten für soziale Berufe. Das war schon immer so. Trotzdem erlernen inzwischen etwa zwanzig Prozent der Männer einen sozialen Beruf wie Psychologe, Erzieher oder Altenpfleger.

Kindheit

Geboren wurde ich 1997 in Garching bei München. Meine Mutter gab Zeichen- und Malkurse in der Volkshochschule, Vater arbeitete im Max-Planck-Institut, vermutlich heute noch. Meine Eltern gingen abends oft mit Freunden aus. Ich war viel allein.
Geschwister habe ich nicht. Nur zwei Cousins, die Söhne meiner Tante Toni. Ferdinand, also Ferdl, ist

genauso alt wie ich und war mein innigster Spiel-
kamerad. Doch als sein Bruder Georg auf die Welt
kam, durften wir uns nicht mehr sehen. Den Grund
dafür kenne ich bis heute nicht. Wir trafen uns
manchmal heimlich draußen beim Spielen oder in
der Schule. Doch Ferdl hatte sich verändert. Er
lachte kaum und hatte keine Lust auf lustige Streiche. Manchmal stieß er sogar mit den Füßen nach
mir. Einmal flüsterte er mir zu, dass er bald von
daheim wegläuft, weil seine Mutter ihn jeden Tag
schlägt, obwohl er nichts Schlimmes getan hatte.
„Wo willst du dich verstecken? Und wer macht dir
etwas zu essen?", wollte ich wissen.
Seine Antwort „Das geht dich nichts an", verletzte
mich so sehr, dass ich nicht mehr mit ihm sprach.
Noch schlimmer war, dass es ihm nichts ausmach-
te, dass ich nicht mehr mit ihm sprach. Er ging mir
einfach aus dem Weg und spielte mit anderen
Kindern.

Als ich klein war, saß ich oft in Mutters Atelier auf
dem Boden und schaute ihr beim Malen zu. Ich
wollte bei ihr sein, obwohl sie mich nie bemerkte.
Mutter malte Vögel mit langen Schnäbeln, starren
Augen und bunten Flügeln. Überall im Raum standen ihre Leinwände mit all den Vögeln. Ich mochte
sie nicht, weil ich jede Nacht träumte, wie sie mit
ihren Flügeln schlugen, mich anstarrten und mit
ihren scharfen Schnäbeln nach mir hackten.

Als ich in die Schule kam, hörte ich auf, Mutter beim Malen zuzusehen. Ich freundete mich mit Franzi an und war häufiger bei ihr als daheim. Ihre Mutter kochte Mittag und wartete mit dem Essen auf uns. Sie zeigte mir, wie man die Gabel hält und dass der Ellenbogen nicht auf den Tisch gehört.

Meine Mutter kochte nicht gern, eigentlich überhaupt nicht. Sie war trotzdem lieb und fürsorglich, doch wusste sie nichts mit mir anzufangen. Wenn ich zum Beispiel über Bauchweh klagte, schaute sie mich besorgt an, aber sie tat nichts dagegen, kochte keinen Tee, steckte kein Wärmekissen an und tröstete mich nicht. Ich wusste, dass sie so etwas hätte machen müssen, denn genau das tat Franzis Mutter.

Dafür konnte Franzis Mutter nicht so schön malen wie meine. Mutter wollte, dass ich mich für Malerei begeistere, aber dazu hatte ich überhaupt keine Lust, bis heute nicht.

Mutter liebte es, in der Sonne zu liegen und verbrachte viele Stunden in ihrem Liegestuhl auf dem Balkon. Die Sommer verlebte sie immer an der italienischen Riviera. Vater mag das Meer nicht, er liebt Wanderungen in den Bergen. Ich hasse das Meer, aber ich liebte meine Mutter und fuhr jeden Sommer mit ihr nach Rapallo, während Vater in Garching blieb. Erst im Oktober nahm er Urlaub, weil das die beste Zeit für Wanderungen in den

Alpen ist. Doch Mutter bekam nur während der Ferien Urlaub – so wie ich.

*****

Als ich fünfzehn Jahre alt war, starb meine Mutter. Ich fand sie damals, wie sie friedlich in ihrem Bett lag und schlief. Ich ließ sie einfach schlafen. Doch als am Abend Vater nach Hause kam, schlief sie immer noch. Ich wollte sie wecken, damit sie nicht zu spät zu ihrem Malunterricht in der Volkshochschule kam. Ich küsste, streichelte und rüttelte sie, doch sie wurde nicht wach. In meinen Ohren drückte es, als ob sie platzen wollten. Schließlich ertönte ein irrsinnig lauter Pfeifton, der meinen ganzen Kopf zu zerspringen drohte. Ich presste die Hände gegen die Schläfen, aber es nützte nichts. Vater schob mich zur Seite. Ich verstand seine Worte nicht, weil seine Stimme klang, als wäre er unter Wasser. Mein Kopf dröhnte immer lauter. Ich hörte das Blut in den Ohren rauschen und stellte mir vor, dass es gleich aus ihnen herausfloss. Aber es kam nicht heraus. Es klopfte nur heftig von innen gegen die Schädeldecke.
Irgendwann legte jemand eine Decke um mich, weil ich nicht aufhören konnte zu zittern.

Getrauert habe ich nicht. Ich spürte nur Schmerzen im ganzen Körper. An die Beerdigung kann ich mich nicht erinnern. Ich weiß nur noch, dass den ganzen Tag die Sonne schien, was mich wütend machte. Die Leute auf den Straßen hatten entsetzlich frohe Gesichter, die ich einfach nicht ertrug. Mutters jüngere Schwester Betti strich mir ständig über den Kopf und küsste mich, während mich die ältere Schwester Toni an meinen Schultern packte und vor sich her schob. Sie tat mir weh. Deshalb lief ich einfach weg, setzte mich ins Eiscafé und bestellte einen Schokobecher mit Blaubeeren und viel Sahne, danach noch ein Pizza Eis. Mir war schrecklich übel. Doch ich war zufrieden, weil mir das viele Eis so furchtbar schwer im Magen lag und nicht die Beerdigung meiner Mutter.

Ich hätte dringend Franzi gebraucht, doch sie war mit ihren Eltern und Brüdern nach Frankreich gezogen. Natürlich habe ich sie angerufen. Aber ein Anruf ist nicht das gleiche wie ein Gespräch, wenn sie mir gegenüber sitzt. Wir haben noch ein halbes Jahr per WhatsApp geschrieben, aber dann hörte auch das auf.

Tante Toni erzählte jedem, der es hören wollte, Mutter habe sich selbst getötet, Schlaftabletten geschluckt und dazu eine ganze Flasche Obstler getrunken. Ich glaubte das lange nicht, denn Mama trank nur Wein, am liebsten Wermut. Ich mochte Tante Toni nicht. Sie behauptete, Mama und Betti wären verrückt und ich wäre es auch. Mit Verrückten wollte sie nichts zu tun haben. Toni sagte, Teenager wie ich treiben ihre Eltern zur Verzweiflung. Deshalb war ich überzeugt, Mutter habe sich wegen mir umgebracht.

Ich sprach mit niemandem darüber, weil mich die Schuld fast erdrückte. Ich suchte Trost bei Vater. Doch der kam nur noch selten heim, weil er es in der leeren Wohnung nicht aushielt. Toni behauptete, dass er sich jeden Tag mit einer anderen Frau trifft, aber das glaubte ich nicht. Ich hörte ihr gar nicht mehr zu, weil sie den ganzen Tag schimpfte: Auf mich, Vater und Tante Betti. Betti verschwand für viele Wochen in einer Klinik. Toni sagte, weil sie verrückt ist. Ich dagegen war sicher, sie war unfassbar traurig über Mamas Tod und hatte niemanden, der ihr beistand. Nur mich.

Großeltern gab es keine. Mutters Eltern lebten schon viele Jahre nicht mehr und Vaters Eltern kamen nicht einmal zur Beerdigung. Sie waren nach Teneriffa ausgewandert.

Ich war ganz allein. An nichts hatte ich Freude, saß nur den lieben langen Tag in einer Ecke und hoffte, dass mich niemand bemerkt.

*****

Vater erwartete, dass ich Abitur mache und danach studiere. Doch Schule war für mich immer ein rotes Tuch. Ich hasste es, mir den ganzen Tag dummes

Zeug anzuhören, das kein Mensch braucht. Und ich hasste Garching. Es ist flach, trist und von zwei Autobahnen umschlossen. Es gibt zwar mehr Studenten als Einwohner, aber die sieht man nicht in der Stadt.

Wenn Vater wütend auf mich war, schimpfte er: „Du bist genau wie deine Mutter!"

Auch Mutters Schwestern sagten oft, dass ich ihr immer ähnlicher werde. Da bekam ich Angst, dass ich tatsächlich so werde wie sie, obwohl ich genau wusste, dass ich ganz anders war, auch wenn ich so aussah wie sie. Ich hatte die gleichen blonden Haare, blaue Augen, eine etwas zu kleine Nase und einen zu großen Mund mit vollen Lippen.

Die Haare meines Vaters waren bunt, wirkten in der Sonne blond, im Schatten fast schwarz und bei künstlichem Licht sogar rot. Seine Augen waren mal braun, mal gelb und manchmal grün. Ich fand das komisch und war froh, dass ich nicht so aussah wie er, sondern wie meine Mutter ausgesehen hatte.

Damals waren für mich die Nächte schlimmer als die Tage. Ich hatte keine Angst im Dunkeln, aber ich sah Dinge, die es gar nicht gab. Ich wusste, dass es sie nicht gab, doch ich sah sie trotzdem. Oft sah ich Mama, obwohl sie tot war und in einer Kiste unter der Erde lag. Deshalb wollte ich meine Augen nicht schließen und auch nicht schlafen. Ich lief viel lieber die ganze Nacht draußen umher. Und eines Nachts kam ich überhaupt nicht mehr nach Hause zurück.

Ich ging nie wieder zurück nach Garching und auch nicht in die Schule, sondern trieb mich in München herum und lebte fast zwei Jahre lang bei verschiedenen Freunden oder in leeren Häusern mit anderen Jugendlichen auf der Straße. Weil ich kein Geld hatte, durfte ich nirgendwo lange bleiben. Es war kein Luxusleben, aber ich fühlte mich frei und sehr erwachsen.

Caritas

Wieder einmal stand ich mit meinem Plastikbeutel auf der Straße, weil mich wieder einmal Freunde zum Teufel schickten. Wo sollte ich hin? Es war Mitte Dezember und es pfiff ein eiskalter Wind. Mir fiel nur die Bahnhofsmission ein, von der mir schon einige Straßenkinder erzählt hatten, dass man sich dort aufwärmen konnte und sogar Essen bekam.

Ich ging hin und stand unschlüssig in der Tür.

„Komm rein!", forderte mich eine alte Frau auf. „Möchtest du einen heißen Tee?"

Dankbar schaute ich sie an und wärmte meine eiskalten Hände an der Teetasse. Schluck für Schluck ging es mir besser.

„Hast du Appetit auf Linseneintopf? Der schmeckt

heute besonders gut."

Natürlich hatte ich Hunger und ich wusste auch, dass man deutlich sagen musste, was man will. Ich hatte auch keine Probleme damit zu betteln, doch meiner Erfahrung nach bekam man viel mehr Hilfe, wenn man sich ängstlich gab und nichts verlangte. Deshalb nickte ich nur und sah schüchtern zur Seite. Im Eintopf schwammen viele Wurstwürfel, die lecker schmeckten und wunderbar satt machten. Es gab sogar eine Scheibe Brot dazu.

Die Alte erzählte von ihrer Jugend, wie schwer es für sie war und dass sie vier Monate auf der Straße leben musste. Das hat sie geprägt, weshalb sie so gern in der Mission arbeitet. Die Caritas habe sie gerettet, weil sie dort Essen, Kleidung und sogar ein Zimmer bekam, auch eine nützliche Aufgabe. Sie putzte, verteilte Essen und sortierte Altkleider. Möglicherweise waren diese Aufgaben nützlich, doch nichts für mich. Wer hat schon Lust zum Putzen?

„Die Caritas betreibt auch Mädchenwohnheime, wo du unterkommen kannst."

Mädchenwohnheim, das klang gut. Ich machte mich sofort auf den Weg. Das Haus war zugesperrt und machte einen verratzten Eindruck. Von der Tür blätterte die Farbe ab. Ich klingelte und lächelte die Frau an, die mir öffnete. Ich verstand es, mit dem Mund schüchtern zu lächeln und gleichzeitig traurig zu schauen. Das half immer, vorausgesetzt, ich war wie jetzt frisch gewaschen.

„Mein Name ist Hanna. Mich schickt eine sehr nette alte Dame aus der Bahnhofsmission. Sie sagt, ich könne hier wohnen." Wieder lächelte ich. „Darf ich hereinkommen?", fragte ich zaghaft.

„Du hast Glück, denn vorgestern wurde ein Zimmer frei. Es kostet nur 350 € im Monat."

„So viel?" Entsetzt trat ich einen Schritt zurück. „Ich habe kein Geld."

„Nichts ist umsonst im Leben. Wir vermieten nur an Schüler, Praktikanten und Lehrlinge, die ein regelmäßiges Einkommen haben."

Leider hatte ich weder Papiere noch Geld und schon gar keine Ausbildung.

Deshalb fing ich sofort an zu weinen.

„Mein Vater hat mich vor die Tür gesetzt, als meine Mutter starb", schluchzte ich. „Ich durfte nichts mitnehmen. Keine Kleider, kein Geld und auch keinen Ausweis."

Meine Verzweiflung war echt, obwohl ich längst auf Knopfdruck Tränen vergießen konnte, um Mitleid zu bekommen. Ich sagte nicht, dass meine Mutter bereits vor zwei Jahren starb und auch nicht, dass ich freiwillig von daheim weglief. Doch ich weinte. Die Tränen kamen von ganz allein. Mir war elend zumute, weil ich nicht wusste, wohin ich gehen soll, wenn mich die Frau wegschickt. Das Herumziehen hing mir längst zum Hals heraus. Draußen war es bereits dunkel und ganz bestimmt sehr kalt. Die Frau nannte mir die Adresse einer Notunterkunft, wo man mich drei Tage bleiben lässt. Ich tat, als hätte ich nichts verstanden und bettelte weiter.

„Vielleicht kann ich für die Miete arbeiten. Putzen oder so", schlug ich vor.

„Das Zimmer ist leer", mischte sich eine andere Frau ein.

„Über Weihnachten wird es Neuzugänge geben. So viel Platz haben wir nicht."

„Aber *jetzt* ist das Zimmer leer. Da Hanna arbeiten will, könnten wir es mit ihr versuchen", wiederholte die andere Frau. „Bald ist Weihnachten. Da sollten wir barmherzig sein."

Ich durfte bleiben und bezog ein warmes kleines Zimmer mit sauberer Bettwäsche. Viel Arbeit gab es nicht, da die Bewohner die Gemeinschaftsräume selbst putzen mussten. Auch die Küche hatte jeder nach dem Benutzen gründlich zu reinigen.

Die nette Frau riet mir, eine Ausbildung als Hauswirtschafterin zu machen. Vom Lehrgeld könnte ich leicht das Zimmer bezahlen. Das Gute daran war, dass die Caritas als Ausbilder auftrat, das Schlechte, dass ich keine Papiere hatte. Ein Lehrvertrag war nur möglich, wenn ich meinen Hauptschulabschluss und die Geburtsurkunde besorge und den Personalausweis beantrage. Mit sechzehn Jahren besteht Ausweis- und Meldepflicht. Mit sechzehn war ich daheim weggelaufen und hatte ganz ande-

24

re Probleme, als einen Ausweis zu beantragen.

Doch nun musste ich meine Unterlagen holen und möglichst etwas Geld. Ich beschloss, von Vater mindestens fünfhundert Euro zu verlangen. Er hatte zwei volle Jahre Ruhe vor mir und war mir einiges schuldig.

Allerdings vermutete ich, dass Vater inzwischen weggezogen war, denn er hasste Altbauten. Mutter nicht. Sie liebte die hohen Decken, die breiten Flure, unseren Erker mit der Sitzbank und dem großen runden Tisch, die große Küche, ihr Atelier mit den wunderschönen Bogenfenstern, den besonderen Charme einer Altbauwohnung. Aber Mutter war nicht mehr da.

Am Klingelschild stand ein fremder Name. Ich läutete trotzdem.

„Was willst du?", fragte barsch eine ziemlich dicke Frau.

„Meine Sachen. Ich habe hier mal gewohnt."

„Hier gibt es keine Sachen. Geh weiter!"

Die Frau schlug so heftig die Tür zu, dass es dumpf im Hausflur widerhallte.

*****

„Ich bin Birger", stellte sich ein junger Mann vor.

So einen seltsamen Namen hatte ich noch nie zuvor gehört. Birger stammte aus Sassnitz, ein Ort, der auf der Ostseeinsel Rügen liegt. Er konnte nicht glauben, dass ich noch nie zuvor von der Insel hörte und war fassungslos, weil ich die See nicht mag.

„Nirgendwo auf der Welt ist es schöner als am Meer", schwärmte er und erzählte von Kreidefelsen und einer Aussichtsplattform mit Blick auf die Ostsee.

Was gibt es da zu sehen? Nur Wasser! Das musste ich während meiner gesamten Kindheit in jeden Sommerferien ertragen.

„Wasser ist überall gleich: kalt und nass", maulte ich.

„Du kannst auf Rügen auch durch Buchenwälder wandern. Es ist wunderschön."

Im Wald gibt es nur Bäume, das war nie meine Welt. Aber ich sagte nichts mehr, um Birger nicht zu verärgern.

„Ich bin hier, um dir zu helfen", verkündete er stolz.

Wobei will er mir helfen? Ich hatte nichts zu tun.

„Ich studiere Rechtswissenschaft und kenne mich in allen Gesetzen aus. Bei der Caritas arbeite ich ehrenamtlich."

Mir war noch immer nicht klar, was das mit mir zu tun hatte. Doch schnell stellte sich heraus, dass mich Birger bei allen Amtswegen begleiten sollte und mir helfen, meine Identität nachzuweisen und einen Ausweis zu beantragen.

Ich weiß nicht, ob es an Birger lag oder daran,

dass die Ämter einfach ihre Arbeit machten. Jedenfalls schickte mir die Schule mein Zeugnis zu, das gar nicht mal so übel aussah und den Abschluss der 9. Klasse bewies. Vom Meldeamt erhielt ich meine Geburtsurkunde, mit der ich den Ausweis beantragen konnte. Nun stand meiner Ausbildung nichts mehr im Wege.

Obwohl das erste Lehrjahr bereits seit vier Monaten lief, durfte ich sofort einsteigen. Ich arbeitete in der Küche und der Wäscherei im nahen Altenheim und ging zweimal pro Woche zur Schule. Die Arbeit war nicht schwer, aber langweilig und gleichzeitig abwechslungsreich. Ich mochte nur das Kochen und natürlich das Essen.

Ganz besonders gern mochte ich Birger.

Birger war mein erster Freund. Er fühlte sich für mich verantwortlich, was ich so zuvor noch nicht kannte. Mir gefiel, dass er mir alles um mich herum erklärte und begründete, warum es so ist wie es ist und was man dagegen tun kann. Ich musste nicht viel sagen, weil Birger meist schon vorher wusste, was ich sagen wollte. Ein guter Anwalt muss wohl so sein. Ich habe ihn deshalb sehr bewundert.

„Wenn ich fertig studiert habe und Anwalt bin, werde ich für dich sorgen. Dann hast du keine Not mehr."

Das machte mich glücklich. Er sagte, dass das Leben voller Tücken und Fallen ist, die er alle kennt und vor denen er mich beschützt. Meine zwei Jahre Erfahrung auf der Straße taugten seiner Meinung nach nichts fürs wirkliche Leben. Was auch immer in meinem Leben schief geht, er wäre für mich da und würde mich überall verteidigen. Deshalb war ich ihm sehr dankbar und liebt ihn umso mehr.

Wenn Birger bei mir übernachtete, mussten wir leise sein, da Männerbesuche über Nacht nicht erlaubt waren. Trotzdem war es besser, als zu ihm in die Studentenbude zu gehen. Dort saßen seine Freunde einfach auf seinem Bett. Mehr Platz war ja nicht, aber mir verging jedes Mal die Lust auf eine Umarmung, wenn fremde Leute in Jeans auf seiner Decke saßen und ihre nackten Füße aufs Kopfkissen legten.

Birger fand das seltsam, denn ich hatte ihm einige der schmutzigen Plätze gezeigt, in denen ich früher übernachtet hatte oder wohin ich bei schlechtem Wetter gekrochen war. In solchem Schmutz wollte ich nie wieder hausen, weshalb für mich alles blitzsauber sein musste. Ich duldete keinen Krümel auf dem Tisch und keinen Fussel auf der Kleidung oder im Bett und nervte Birger damit.

*****

Fast genauso wichtig wie Birger waren mir meine Freundinnen Thea und Olli, mit denen ich in der

Berufsschule lernte.

Olli hieß eigentlich Olivia, doch den Namen mochte sie nicht, weil sie Oliven eklig fand. Dabei bedeutet der Name die Friedliche. Sie war wie ich erst achtzehn Jahre alt, hatte aber bereits einen dreijährigen Sohn. Ihr Kind war ihre einzige Familie.

„Du musst doch Eltern haben, Großeltern, Tanten, Cousins", wunderte sich Thea.

„Ich habe niemanden, weil ich direkt nach der Geburt ins Heim gegeben wurde, dort aufwuchs und mit sechzehn schwanger wurde."

Thea riss ihre Augen auf vor Entsetzen.

„Habt ihr nicht geheiratet?"

„Wen meinst du?"

„Deinen Freund, den Vater deines Jungen. Hast du ihn nicht wahnsinnig doll geliebt?"

Olli lachte und verzog dabei ihren Mund.

„Sex hat nichts mit Liebe zu tun. Für uns war das wie Tischtennis spielen."

Bestürzt schaute ich sie an. Ich könnte niemals mit einem Jungen ins Bett gehen, wenn ich ihn nicht mehr als alles andere auf der Welt liebe. So wie ich Birger liebte.

„Ihr seid naiv", sagte sie und tippte sich mit dem Finger an die Stirn. „Ihr müsst den Burschen den Kopf verdrehen, dürft sie aber nicht zu nahe an euch heranlassen."

„Ich warte bis zur Hochzeit", verkündete Thea. „Die ist im nächsten Sommer."

Olli verdrehte die Augen und wandte sich mir zu.

„Wenn sie dich einmal im Hollerbusch …"

„Hollerbusch?"

„Sagt man so. Ich meine, wenn du ihnen erlaubst, mit dir zu schlafen."

Ich wurde rot.

„Meist erlischt danach das Interesse an dir."

„Das verstehe ich nicht."

„Und doch ist es so. Also halte dir die Mannsbilder vom Leib so lange es geht und verschwinde, bevor sie dich zum Teufel schicken."

Olli hatte nur schlechte Erfahrungen mit Männern gemacht und glaubte, dass alle Männer Schweine sind. Ich glaubte das nicht.

Auch Thea glaubte es nicht. Sie war verlobt mit einem Bauernsohn. Er war gelernter Schweine-züchter und würde in einigen Jahren den Hof seiner Eltern übernehmen. Zum Hof gehörten zehn Hektar Ackerland, drei Ferienwohnungen, ein Café und ein Hofladen. Deshalb lernte Thea Hauswirt-schaft. Olli hielt Thea für verrückt. Im Grunde war sie das auch, wenn sie ihr Leben ganz der Familie ihres Verlobten unterordnete.

„Willst du wirklich auf den Hof ziehen, wo es nach Schweinen stinkt und du viel arbeiten musst?"

„Ja!", strahlte Thea.

„Auch Sonntags. Urlaub gibt es keinen und auch kein Geld."

„Ich brauche keinen Urlaub und auch kein Geld.

Ich ziehe zu Sepp. Was er macht, wird auch gut für mich sein. Ich liebe ihn. Außerdem sieht er irrsinnig gut aus."

Und wieder strahlte sie, als hätte sie das große Los gezogen. Thea hat mir ein Bild ihres Verlobten gezeigt, der genauso klein und dick war wie sie. Darüber lachte Olli. Aber das war kein Lachen, bei dem ich mitlachen wollte.

„Morgen oder in drei Jahren, wenn du dich kaputt gerackert hast oder schwanger wirst, stehst du allein da."

„Nein." Thea schüttelt ihren Kopf. „Die Arbeit macht mir Freude. Außerdem will Sepp drei oder vier Kinder, genau wie ich."

Ungläubig sah ich abwechselnd Olli und Thea an.

„Du bist an den Hof gebunden und hast keinerlei Abwechslung."

„Doch. Sehr viel sogar. Wir haben die Feldarbeit, Schweine, Hühner, Katzen und zwei Hunde, einen großen Garten, den Hofladen, das Café und die Ferienwohnungen. Und später habe ich Kinder und meinen eigenen Haushalt." Thea strahlte. „Alles wird wunderschön sein."

„Also sauviel Arbeit", schnaufte Olli.

Mir kam Thea einfältig vor, aber ich mochte sie, weil sie so ein unerschütterliches Vertrauen in die Welt hatte. Sie dachte jetzt schon an Kinder. Für sie war alles immer in Ordnung. Und was nicht in Ordnung war, das würde sich finden. Olli dagegen schimpfte auf alles, die Männer, die Schule, den Ausbildungsbetrieb, München und die ganze Welt.

„Ich bin froh, keine Familie zu haben. Mein Kind ist Stress genug." Olli seufzte und verdrehte ihre Augen. „Ich vermisse niemanden und bin niemandem Rechenschaft schuldig. Familie bringt nur Ärger und Kummer. Das sehe ich an dir." Grob stieß sie gegen meinen Arm. „Erzähle mir nicht, dass du nicht sauer auf deinen Vater bist und auf deine Tanten, weil sie sich nicht melden."

„Ich brauche sie nicht", gab ich trotzig zurück, was natürlich nicht stimmte.

Ich nahm ihnen schwer übel, dass sie mich nie anriefen und sich erkundigten, wie es mir geht. Nur Tante Betti meldete sich manchmal, aber immer nur sehr kurz. Ihr reichte es, wenn sie meine Stimme hörte. Sie beendete jedes Gespräch, bevor es überhaupt begonnen hatte. Von meinen Sorgen wollte sie nichts wissen.

Olli lachte und winkte mit der Hand ab.

„Also pass auf und lass dir kein Kind andrehen. Dann ist Schluss mit lustig und du kannst nicht mehr ausgehen."

Manchmal ging Olli trotzdem mit mir aus. Sie genoss es, dass sich die Burschen nach ihr umdrehten, weil sie groß und schlank war und immer tiptop gekleidet. Ihre Lippen schminkte sie knallrot und um die Augen zog sie dunkle Schatten. Das sah irrsinnig gut aus.

Wir wollten nach der Lehre zusammen eine WG gründen und gemeinsam unser Leben genießen. Für Ollis Sohn würden wir eine Lösung finden. Wir schworen, dass uns Männer zwar besuchen, aber nie über Nacht bleiben dürfen. Und wir träumten von einer Arbeit, die uns viel Spaß macht und ganz viel Geld einbringt. Hauswirtschaft begeisterte uns nicht, aber sie war immerhin ein Anfang.

Die drei Lehrjahre vergingen rasend schnell und ich musste das Schwesternheim verlassen. Olli zog in den Süden von München, arbeitete in einer noblen Reha-Klinik, wo sie mit ihrem Sohn wohnen durfte. Ich hatte eigentlich gedacht, dass mich die Caritas übernimmt, da es immer hieß, es fehlen Leute. Doch sie wollten mich nicht – nicht einmal im Altenheim.

Ich wäre gern zu Birger gezogen, doch in seiner WG gab es keinen Platz für mich. Außerdem musste er für seine Prüfungen lernen, weshalb er kaum noch Zeit für mich hatte. Wir trafen uns nur noch ein einziges Mal und zwar vor dem neuen Rathaus. Ich war überaus glücklich, weil ich dachte, er würde mir einen Antrag machen und wir gehen gleich zum Standesamt und melden unsere Eheschließung an. Vorsorglich hatte ich alle meine Papiere dabei. Doch er lud mich nur auf ein Eis ein und sagte, dass er für ein Jahr oder länger in die USA gehen wird. Er fragte nicht, ob ich ihn begleiten will. Danach meldete er sich nicht mehr und ich hörte nach dem sechsten Versuch auf, ihn telefonisch zu erreichen.

Robert

Ich hatte also weder eine Arbeit noch eine Wohnung. In München ist es äußerst schwierig, eine bezahlbare Bleibe zu finden. Deshalb postete ich täglich auf Facebook und Instagram, dass ich ein Zimmer mit Badnutzung suche. Ich bot sogar an, die Hausarbeit für den Vermieter zu übernehmen. Unerwartet schnell wurde mir eine möblierte Einzimmerwohnung für nur 700 Euro angeboten, allerdings nur für drei Monate. Das war mir ganz recht, da ich nun Zeit hatte, in Ruhe nach einer Arbeit und einer passenden Wohnung zu suchen.
Beides fand ich in einem privaten Haushalt in Grafing, wozu ein geräumiges Zimmer mit Bad gehörte, allerdings im Keller. Ich führte den gesamten Haushalt, putzte und kochte das Mittagessen, was keine schwere Arbeit ist. Für das Essen musste ich nicht bezahlen, für das Zimmer nur 200 Euro. Ich war zufrieden. Zum Glück war ich nicht für den riesigen Garten zuständig, denn davon hatte ich nicht die geringste Ahnung. Ich wusste nicht, wie man die vielen Blumen und Sträucher pflegt und kannte nicht einmal deren Namen. Es ist auch nicht wich-

tig, so etwas zu wissen.

Bezahlt wurde jede Arbeitsstunde mit siebzehn Euro. Meist erledigte ich alle Arbeiten locker in vier Stunden. Olli lachte mich aus.

„Je länger du trödelst, desto mehr Geld bekommst du."

Doch mir war die Freizeit wichtiger als das Geld. Ich half auch am Wochenende, falls Gäste erwartet wurden.

Wenn mir langweilig war, holte ich mir aus der Hausbibliothek ein Buch. Diese Leute hatten einen Raum ganz allein für Bücher. Jede Wand war von oben bis unten mit Regalen voller Bücher zuge-stellt. So etwas hatte ich zuvor noch nie gesehen und beeindruckte mich sehr. Am liebsten mochte ich Geschichten aus fremden Ländern. Vielleicht deshalb, weil ich noch nichts von der Welt gesehen hatte außer den Strand von Rapallo, wo das aufre-gendste, was passierte, ein Sonnenbrand war. Meine Eltern hatten keine Bücher, jedenfalls keine Romane. Vermutlich hatte ich deshalb noch nie ein Buch gelesen und noch nie eins gekauft.

Am meisten interessierten mich Geschichten aus Asien. Ich kannte zwar die Namen China, Indien und Japan, hatte aber keine Ahnung, wie man dort lebt und was es sonst noch für Länder in Asien gibt. Also verschlang ich alle greifbaren Romane und träumte mich in das Leben der Hauptperso-nen.

Grafing gehört zum Landkreis Ebersberg, obwohl der korrekte Name *Grafing bei München* ist. Ich hatte immer das Gefühl, dass die Einwohner lieber Münchner wären, aber sie behaupteten, Münchner wären eingebildet und gingen ihnen aus dem Weg. Ich wollte nicht, dass sie mir aus dem Weg gehen. Deshalb verriet ich niemandem, dass ich aus dem Landkreis München stamme und in München gelernt und gelebt hatte. Ich erzählte lieber von Kirgisien, Georgien, Armenien und anderen Ländern in Zentralasien, deren Sprache und Traditionen keiner kannte. Ich ließ sie glauben, ich sei in all diese Länder gereist, nicht als reicher Urlauber, sondern, um dort zu arbeiten.

Grafing ist ein langweiliger kleiner Ort mit nicht einmal fünfzehntausend Einwohnern. Es gab eine Bücherei, einen Strick- und Häkelkurs, vier Kirchen und nichts, wo ich abends gern hingehen würde. Doch mit der S-Bahn war ich in einer halben Stunde in München, wo das Leben tobte und Robert lebte.

Robert war der Sohn meiner Dienstherren und studierte seit sieben Jahren Germanistik und gleichzeitig experimentelle Medien. Ich konnte mir nichts darunter vorstellen. Robert erklärte es mit Worten wie Innovation, Interaktivität, Genrevermischung, narrativ und virtuell, was mich noch mehr verwirrte. „Du siehst interessant aus, irgendwie geil", fand er.

„Ich werde dich filmen."

Dass mich Robert filmen wollte, machte mich unfassbar stolz. Mich würden viele Leute sehen und bewundern, denn Robert drehte oft Videos. Nicht nur für die Uni, auch für Facebook und Instagram. Doch statt hübscher Kleider musste ich einen fleckigen schwarzen Overall tragen und darunter nur einen roten BH, der aus dem Oberteil hervorschaute. Einen Text gab es nicht, weil ich gar nichts sagen durfte, nicht einmal in die Kamera lächeln. Ich sollte missmutig schauen, meine Arme und Beine seltsam verrenken und Schilder mit wirren Botschaften hochhalten: *Innovation beginnt dort, wo Verstehen aufhört.* Oder: *Das Virtuelle ist das Reale, bevor es echt wird.* Wie kann etwas, das nicht echt ist, echt werden? Ich verstand den Sinn der Plakate nicht und auch nicht, was Robert damit erreichen wollte. Es gab keine Handlung, nur die Plakate, die ich abwechselnd halten musste.

Im fertigen Film erkannte ich nichts wieder. Nicht einmal mich. Mein Körper war dünn und verzerrt, nur der rote BH leuchtete überdimensional groß. Die Bilder drehten sich wild umeinander und wenn sie still hielten, zeigten sie zum Beispiel auf eine Mülltonne, neben der Abfall lag.

„Wer schaut sich so etwas an?", fragte ich bestürzt

„Jedenfalls niemand wie du." Robert verzog abschätzig den Mund. „Dir fehlt jegliches Kunstverständnis."

Von Kunst verstehe ich wirklich nichts.

Verschämt gestand ich: „Ich mag die einfachen Dinge, die hübsch aussehen, nichts Verwirrendes und nichts Düsteres."

Robert fasste sich an den Kopf und grinste.

„Du verstehst gar nichts. Nicht mal das Gewöhnliche, das mit Kunst nichts zu tun hat. Dein Verstand passt in jede Handtasche."

Ich wusste, dass er mich so sah und vermutlich recht hatte. Aber ich war nicht wirklich dumm. Jedenfalls nicht so, wie Robert mich oft nannte. Ich sah die Dinge nur anders als er.

Am liebsten war ich mit Robert allein. Seine Freunde lachten viel, aber ich verstand den Sinn ihrer Späße nicht, weshalb sie dann noch lauter lachten. Meist lästerten sie über die Politik und über Leute. Und sie lästerten über mich. Während sie sich ausschütten wollten vor Lachen, war ich den Tränen nahe. Doch ich sagte nichts, weil ich wusste, dass sie klüger sind als ich. Und weil sie so viel klüger waren als ich, interessierte sie meine Meinung nicht, auch Robert nicht. Er unterbrach mich meist schon nach den ersten Worten und stellte alles, was ich sagte, richtig. Das musste wohl so sein, weil er so klug war. Mich ärgerte eher, wenn er gar nicht reagierte, nicht einmal, wenn ich ihn etwas fragte. Ich wusste nie, ob er meine Frage nicht gehört hatte oder sie nicht beantworten wollte.

Oder er tat, als wäre ich nicht da und schaute mit ernster Miene durch mich hindurch, was ich sehr seltsam fand.

Meist trafen sich Robert und seine Freunde in einer Kultkneipe, wo sie viel Bier tranken. Mir gefiel es dort nicht. Es war laut und finster und die Wände mit Kreidebuchstaben bekritzelt. Und doch war ich froh, wenn sie mich mitnahmen.

Als mich Robert zum ersten Mal in seine Studentenbude mitnahm, erwartete ich ein Sammelsurium aus Fotos, Gemälden und Büchern. Aber nichts davon gab es in der gesamten Wohnung. Nicht einmal einen Schreibtisch. Sein Bett war nicht gemacht, obwohl er mich eingeladen hatte. Auch später war sein Bett nie gemacht, weil er das für überflüssig hielt.

„Für wen sollte ich das tun? Etwa für dich?"

„Für dich selbst, für deine innere Ordnung", sagte ich.

„Innere Ordnung?" Robert lachte gepresst. „So ein Schmarrn!"

Seine Nachlässigkeit gefiel mir nicht. Sie gefiel auch Olli nicht. Sie meinte, das sei ein ganz bestimmter Charakterzug, der auch Treulosigkeit einschließt und ansonsten aus Verachtung besteht. Spott und Sarkasmus zeugen nicht von Liebe. Ich glaubte das nicht, weil ich sicher war, dass Robert mich ebenso liebte wie ich ihn.

Roberts Küche protzte mit edlem Stahl und technischen Geräten. Nichts stand herum. Keine Tasse, kein Topf. Nichts. Entweder, er hatte noch nie gekocht, nicht einmal Tee oder war bei Lebensmitteln sehr ordentlich. Ich hätte gern für uns gekocht, doch Robert ging lieber aus. Dabei wurde es oft sehr spät und ich verpasste die letzte Nachtbahn nach Grafing. Dann musste ich drei Stunden auf die erste Bahn warten. Das machte mir nichts aus, denn ich war gern in der Nacht allein.

Manchmal war das Alleinsein leichter als das Zusammensein mit Robert. Er erklärte mir viele Dinge mit Worten, die ich nie zuvor gehört hatte. Deshalb sagte ich lieber gar nichts, um ihn nicht zu verärgern. Schließlich studierte er, während ich nur die Hauptschule geschafft hatte und ansonsten nur kochen und putzen konnte. Ich bewunderte Robert sehr.

Olli warnte: „Dein Robert ist ein eitler Schönling, ein typisch egoistischer Kerl. Glaube ihm kein Wort!"

„Du kennst ihn gar nicht", verteidigte ich ihn.

Sie hatte ihn nur ein einziges Mal getroffen und sah ihn ansonsten nur auf Fotos, die ich ihr per Handy schickte.

„Das muss ich auch nicht. Ich weiß, was ich sehe und ich sehe nur Müll."

Vermutlich war sie nur neidisch, weil Robert so irrsinnig gut aussah: groß, schlank, blond, strahlend blaue Augen.

„Er ist ein Geck! Dem traue ich nicht über den Weg, keine zwei Meter."

„Du bist nicht ich und ich liebe ihn von ganzem Herzen."

Olli winkte ab.

„Ich habe dich gewarnt."

„Ich weiß. Aber du hast gesagt, Männer verschwinden, sobald sie mit dir im Bett waren. Aber Robert und ich haben schon hundertmal miteinander geschlafen und er ist immer noch da."

„Er benutzt dich und wird dich wegwerfen, wenn er dich nicht mehr braucht."

Wie kann sie so etwas behaupten?

„Robert liebt mich!", rief ich aus.

Davon war ich felsenfest überzeugt, doch Ollis Lachen klang boshaft. Sie fand es doof, dass Robert lieber mit seinen Freunden zusammen war als mit mir. Ich fand das normal. Männer gehen zum Sport oder in die Kneipe. Natürlich waren auch Frauen dabei. Aber auch das war normal, denn wir leben nicht in der Steinzeit, wo sich Frauen und Männer getrennt vergnügten.

Ich hatte immer mein Telefon bei mir, um Roberts Anruf nicht zu verpassen. Manchmal meldete er sich tagelang nicht. Doch dann schickte er eine SMS mit der Adresse einer Kneipe oder Bar und ich fuhr sofort los, um bei ihm zu sein.

„Worüber redet ihr?"

„Wir reden gar nicht." Das fiel mir erst auf, als Olli fragte. „Wir müssen nicht reden, weil wir auch so wissen, dass wir zueinander gehören."

Olli verdrehte die Augen und sagte: „Du spinnst!"

„Weihnachten erzähle ich meinen Eltern von uns", versprach Robert.

Das passte gut, denn ich wurde gerade zu dieser Zeit schwanger. Ganz sicher würde mich Robert nun heiraten und wir könnten nach seinem Studium in dem großen Haus in Grafing wohnen. Natürlich würde ich weiter den Haushalt seiner Eltern führen, doch als Schwiegertochter kein Geld mehr dafür nehmen.

„Spinnst du?", schrie mich Robert an, als ich ihm von unserem Kind erzählte. „Ich will kein Kind und schon gar nicht von dir! Schleich dich!"

Wie meinte er das? Er wollte kein Kind und schon gar nicht von mir? Wollte er *mich* nicht?! Aber er hatte geschworen, dass wir zusammen bleiben und im großen Haus seiner Eltern leben werden. Dort hätten wir vier Zimmer ganz für uns und dazu einen großen Garten, wo das Kind spielen kann. Vielleicht war er nur überrascht, weil ich so früh schwanger wurde. Für uns würde sich nichts ändern bis auf das Kind. Doch plötzlich wollte Robert kein Kind. Und er wollte mich nicht und schickte mich fort.

Völlig außer mir rief ich Olli an. Sie hatte zwar Dienst, setzte sich aber sofort ins Auto und wir trafen uns im Café. Sie nahm mich wortlos in den Arm, obwohl ich dachte, sie zeigt mit dem Finger auf mich und sagt, dass sie das längst geahnt hätte.

„Das darfst du dir nicht bieten lassen!", bestimmte Olli. „Es gibt Gesetze. Robert muss für euer Kind sorgen. Setz ihm die Pistole auf die Brust!"

„Ich habe keine Pistole", stotterte ich.

„Natürlich nicht! Mach ihm Beine! Rück ihm auf die Pelle! Lass dich nicht einfach so abspeisen."

Das hatte ich auch nicht vor. Wenn Olli das sagte, verstand ich alles, aber als sie wegfuhr, kam die Angst. Was sollte aus mir werden, wenn mich Robert nicht mehr wollte?

Am Abend fuhr ich nach Grafing zurück.

Doch bevor ich mich bei seinen Eltern über Robert beklagen konnte, herrschte mich seine Mutter an: „Halt den Mund, du Flittchen!"

Sie glaubte mir nicht, dass ihr Enkel in mir wächst und beschimpfte mich als Lügner und Betrüger, denn Robert hatte seinen Eltern erzählt, dass wir nur locker befreundet wären und er nicht wüsste, mit wem ich eine Beziehung hätte. Dabei hatte ich nie einen anderen Mann angeschaut. Robert war mein Ein und Alles.

„Du packst sofort deine Sachen!", befahl sein Vater. „Wir wollen dich nicht hier im Haus haben."

Mir wurde fürchterlich heiß und gleichzeitig gefror etwas in meinem Innern.

„Mein Lohn", stammelte ich.

„Raus!", schrie der Mann. „Verschwinde und lass dich nie wieder blicken!"

Wie versteinert blieb ich vor ihm stehen.

„Ich ruf die Polizei, wenn du es wagst, hier noch einmal aufzukreuzen."

Ich stand mit meinem Rucksack und der Tasche am Bahnhof und wartete auf die erste Bahn nach München. Doch wo sollte ich hin? Ich hatte keine Bleibe in der Stadt. Mir blieb nichts anderes übrig, als bei Robert zu klingeln. Ich wollte ihm erklären, dass mich seine Eltern rausgeworfen hatten, weil sie glaubten, er sei nicht der Vater des Kindes. Das konnte sich nur um ein Missverständnis handeln. Ich hatte meine Arbeit immer gut gemacht und mir nie etwas zuschulden kommen lassen. Auch wenn Robert erst einmal überrascht war, so würde er mir ganz sicher helfen. Er war mein einziger wirklicher Freund. Sicher hatte er inzwischen nachgedacht und wir könnten in Ruhe über alles sprechen.

Trotzdem fürchtete ich mich vor der Begegnung. Aber ich wusste keinen anderen Weg. Doch als er seine Tür öffnete, erschrak ich bis ins Mark über seine kalten Augen.

„Was willst du hier?"

„Ich will mit dir reden. Lass mich bitte rein!"

Krampfhaft versuchte ich, meine Tränen hinunterzuschlucken.

„Es gibt nichts zu reden. Verschwinde!"

„Aber Robert ... ich liebe dich!", hauchte ich. „Und ich bin schwanger."

„Na und? Was habe ich damit zu tun?"

„Das Kind ist von dir."

„Wie kommst du darauf?"

Ich bekam Panik.

„Du bist mein einziger Freund. Wir gehören zusammen", flüsterte ich.

„Wir? Was glaubst du, wer du bist. Bildest du dir ein, du bist die Einzige?"

Was meinte er damit?

„Bitte, lass mich rein! Deine Eltern ..."

„Du tickst wohl nicht richtig?", fuhr er mich an.

„Ich bin schwanger!", schrie ich so laut, dass es im ganzen Treppenhaus schallte.

„Wenn du mir noch einmal unter die Augen trittst, passiert etwas, was du in deinem Leben nie mehr vergisst. Hast du das kapiert? Hau endlich ab!"

Er gab mir einen Stoß und warf die Tür vor meiner Nase zu.

„Wo soll ich denn hin?", rief ich verzweifelt, aber er reagierte nicht mehr.

Das Zuschlagen der Tür dröhnte noch lange in meinem Kopf. Ich sank auf die Haustreppe und weinte so lange, bis keine Tränen mehr kamen. Ich wusste nicht, was ich falsch gemacht hatte. Warum stieß er so mich so grob weg? Fassungslos begriff ich, dass er mir und dem Kind nicht helfen wird.

Mir fielen Ollis Worte über Männer ein, dass sie nicht treu sind und sich ohne Reue trennen. Das stimmte mich noch trauriger. Sie hatte mich vor allen Männern und ganz besonders vor Robert gewarnt. Trotzdem rief ich sie an und erzählte ihr von meinem Unglück.

„Der schert sich um nichts", schimpfte Olli empört. „Keine Spur von schlechtem Gewissen."

„Ich begreife nicht, weshalb er mich plötzlich nicht mehr liebt."

„Er hat dich *nie* geliebt, du Dummchen."

Das glaubte ich nicht. Zwar spricht ein Bayer nie von Liebe, aber so etwas merkt man doch, auch wenn er es nicht sagt. Wir waren ein Paar und ich war inzwischen schwanger. Irgend etwas hatte er falsch verstanden. Oder war ich es, die alles falsch verstand?

„Wie kannst du einen Mann lieben, der gemein ist, einen miesen Charakter hat und dich wie Dreck behandelt?"

„Es scheint nur so, dass Robert keinen guten Charakter hat. Es ist seine besondere Art."

„Besondere Art … ganz genau." Olli schnaufte empört. „Brauchst du so etwas?"

Ich dachte nach. Es waren die Momente, in denen Robert mich nicht beleidigte, in denen er mir zeigte, wie sehr er mich begehrte, wie wichtig ich ihm war.

„Wenn du ihn nicht so angehimmelt hättest, wäre er weniger gemein gewesen."

Robert war gemein zu mir, *weil* ich ihn liebte? Das ist irrsinnig. War ich also selbst schuld daran, dass ich schwanger wurde? Ja, denn ich hatte mich nie um Verhütung gekümmert. Und jetzt saß ich ohne Job und ohne Wohnung auf der Straße.

„Ich dachte, Robert …"

„Denken ist Dreck! Wissen muss man! Jetzt weißt du, dass du viel zu gutgläubig warst."

Ich sollte endlich mehr auf mich achten, weil ich für mich selbst verantwortlich bin.

„Du allein trägst die Konsequenzen für alles, was du tust und was du nicht tust. Dafür kannst du niemanden sonst verantwortlich machen."

„Auch Robert nicht?"

„Den gibst du als Kindsvater an und er wird zahlen müssen. Aber beistehen wird er dir nicht."

Ich will nicht schwanger sein! Ich will dieses Kind nicht. Ich schaffe das nicht allein. Vielleicht kann ich Robert dazu zwingen, mich finanziell zu unterstützen, aber seine Nähe ist mir viel wichtiger.

Mir gingen so viele Gedanken durch den Kopf und keiner davon half mir, diesen Schock zu verkraften. Deshalb rief ich Robert an. Ich wollte ihn fragen, ob er noch einmal nachgedacht hat und wozu er mir rät, obwohl ich ganz genau wusste, dass es nichts mehr zu sagen gab. Alles war klar. Alles war vorbei. Dazu brauchte es keine Worte. Aber er ging nicht ans Telefon und reagierte nicht auf meine Nachrichten. Er hatte nichts zu verlieren. Aber ich. Ich verlor alles. Den Freund, den ich liebte, meine Arbeitsstelle, das Vertrauen in die Menschen und darauf, dass am Ende alles gut wird. Ich war verzweifelt.

München

Schließlich fiel mir Birger ein. Birger, mein erster Freund, der inzwischen Anwalt war. Er hatte damals versprochen, mir immer zu helfen und würde wissen, was zu tun ist. Ich dagegen konnte keinen klaren Gedanken fassen. Birger war inzwischen fertig mit seinem Studium und hatte vielleicht schon eine eigene Kanzlei. Ich hoffte nur, er lebt nicht in Amerika und wählte seine Nummer. Es meldete sich eine Frau. Seine Frau? Ich verlangte nach Birger.

„Ich kenne keinen Bürger."

„Birger … mit i, Birger." In meinem Gedächtnis suchte ich nach seinem Nachnamen, fand ihn aber nicht. „Den Anwalt von … von der Ostsee."

Auch den seltsamen Ortsnamen hatte ich vergessen.

„Gibt´s hier ned."

Enttäuscht legte ich auf. Ohne Birgers Nachnamen und ohne Ort konnte ich seine Kanzlei nicht finden. Doch wieso meldete sich eine andere Person auf seinem Handy? Hatte er ein neues Telefon und seine Nummer nicht mitgenommen? Warum? Olli würde sagen, dass er nicht gefunden werden will, obwohl ich das nicht glaubte.

Doch inzwischen hielt ich vieles für möglich, was Olli über Männer wusste. Sie sagte, kein Mann ist es wert, um ihn zu trauern. Man sollte lieber seine Freiheit feiern. Mir war aber nicht nach Feiern zumute. Es war nicht gut, als ich bei Robert war und auch nicht gut, als ich nicht mehr bei ihm war. Nun musste ich allein klarkommen, eine Bleibe finden und mich arbeitslos melden. Ganz allein.

Ich schleppte mich zum Bahnhof. Auf dem Weg dorthin fiel mir die Caritas ein und ich meldete mich im Mädchenwohnheim. Nach vielen unangenehmen Fragen durfte ich bleiben und erhielt sogar Ratschläge, welche Ämter mir bei der Wohnungssuche helfen und wo ich welche Unterstützung beantragen und erwarten konnte.

Die Wohnung, die mir schon nach zwei Monaten vom Amt zugewiesen wurde, befand sich im siebenten Stock eines Hochhauses und bestand aus einem einzigen Zimmer mit Küchenzeile, dazu ein Bad ohne Fenster. Vom Arbeitslosengeld konnte ich gut leben, zumal ich für die Miete nicht aufkommen musste. Manchmal half ich ein paar Stunden bei der Caritas, doch meist blieb ich daheim.

Als meine kleine Nora geboren wurde, ging es uns finanziell noch besser. Aber ich war allein. Allein mit einem Baby. Nora war blond wie ich und hatte meine graublauen Augen. Jeder fand, dass sie ein besonders hübsches Kind und mir sehr ähnlich war. Doch ich sah immer nur Robert, wenn ich sie anschaute. Ich schickte ihm ein Foto von seiner Tochter, doch er antwortete mit einem wütenden Emoji.

Olli riet mir, einen Vaterschaftstest einzuklagen, doch das wagte ich nicht, denn Robert hatte gedroht, dass er mich überall auf der Welt findet, falls ich noch einmal seinen Namen erwähne oder irgendwo angebe. Ich weiß nicht, was er mit mir machen würde, aber ich nahm seine Drohung ernst. Olli dagegen hielt mich für verrückt, auf Alimente eines reichen Bürgersöhnchens zu verzichten.

Nora war ein ausgesprochen ruhiges Baby, das ich überall mit hinnehmen konnte. Wenn ich abends in der Bar arbeitete, setzte sich meine Nachbarin in mein Wohnzimmer. Ich stellte Chips und eine Flasche Rotwein für sie auf den Couchtisch, Geld wollte sie nicht. Sie wollte nur fernsehen, denn sie hatte kein eigenes Gerät. Nora schlief von Anfang an die ganze Nacht durch. Morgens kroch sie zu mir ins Bett und schlief noch einmal bis etwa 9 Uhr. Nach dem Frühstück gingen wir zusammen spazieren oder einkaufen. Zum Mittag kochte ich Kartoffelbrei oder Nudeln mit Möhren oder Spinat. Das schmeckte uns beiden und wurde uns nie über. Als Nachtisch gab es Schokolade. Abends schnitt ich eine Banane in Scheiben und belegte Brot damit. Nora war verrückt nach Bananen, ich nicht. Ich mochte Chips. Die sind praktisch und machen satt.

Navid

Donnerstag bis Samstag bediente ich in der Bar und lernte viele neue Leute kennen. Auch Männer. Doch keinen von ihnen nahm ich mit zu mir nach Hause, auch nicht, wenn er mir das Blaue vom Himmel versprach. Meist hielt ich sie mir vom Leib, indem ich behauptete, verheiratet zu sein und von meiner kleinen Nora schwärmte. Ich scherzte auch nicht mehr so wie früher, weil ich das Leben an sich gar nicht lustig fand. Ich hatte Verantwortung für mein Kind, musste mein Geld zusammenhalten und kam allein zurecht. Aber schön war es nicht.

Dieser eine ganz besondere Abend begann merkwürdig. Der Vollmond leuchtete kitschig und die Straßenlaterne flackerte, als ob sie mir zublinzelt. Über meine seltsamen Gedanken spottete ich und doch war ich irgendwie unruhig wie früher als Kind, bevor es die Geburtstagsgeschenke gab.

In der Bar saß eine Gruppe junger Leute am runden Tisch in der Ecke und machte viel Lärm. Besonders eine Frau kreischte laut und unterhielt die ganze Meute mit albernen Witzen. Plötzlich wurde es still und alle schauten gleichzeitig zur Tür. Auch ich schaute hin. Dort stand ein auffällig attraktiver Mann. Es gibt Menschen, die etwas Ungewöhnliches ausstrahlen, das jeden einnimmt. Genau solch ein Mann stand am Eingang und lächelte. Automatisch lächelte auch ich. Er trug einen kurzen grauen Wollmantel und einen dunklen Hut und wirkte damit ausgesprochen elegant. Als der Mann langsam Hut und Mantel ablegte, schaute ich ihm fasziniert zu. Ich malte mir aus, wie er mich ebenso langsam und zärtlich berührt. Sofort schüttelte ich den dummen Gedanken ab. Trotzdem zog eine Gänsehaut über meine Arme. Es brummte und summte in meinen Ohren und rief ein seltsames, nie dagewesenes Gefühl in mir auf, das im Kopf und gleichzeitig im unteren Bauch saß. Diesen Mann musste ich unbedingt kennenlernen. Leider war ich schüchtern, doch meist machte genau das die Männer mutig und sie sprachen mich an. Ich musste nichts tun, nur abwarten.

„Navid!", schrie die laute Frau, sprang auf und warf sich dem schönen Mann an den Hals.

Der lachte und schob sie sanft zurück.

„Aperol mit Sekt für die Damen und Whisky für uns Männer?", fragte er in die Runde.

„Ich will auch Whisky!", brüllte die Frau.

Navid lächelte. Und dann lächelte er *mich* an. Nicht so, wie normalerweise Männer in einer Bar lächeln, also weder anzüglich oder fordernd und auch nicht spöttisch, sondern einfach freundlich. Er schaute mich an, als wäre ich der einzige Mensch im ganzen Raum, während ich in seine braunen Augen starrte und seine Wimpern bewunderte, die längsten, die ich jemals gesehen hatte. Ich hatte große Mühe, mich zu konzentrieren und die Drinks zu mixen. Als ich das Tablett mit den Getränken zum Tisch trug, zitterten meine Beine und ich hoffte, dass keiner meine Aufregung bemerkte.

Navid. Ein Name wie Musik. Ich sagte ihn mir immer und immer wieder vor und lauschte dem Klang in meinem Kopf. Navid.

Leider saß er mit dem Rücken zur Theke, weshalb ich nur seine breiten Schultern und die dichten schwarzen Haare sehen konnte. Nur, wenn er mit jemandem sprach, drehte er sich leicht zur Seite und ich sah eine kräftige Nase, dichte Augenbrauen und seinen unfassbar sinnlichen Mund. Er trug einen weißen Pullover. Das war ungewöhnlich, denn die meisten Leute bevorzugten schwarze Kleidung wie seine Begleiter. Schon aus der Entfernung wirkte der Pullover weich wie Seide oder teure Wolle und ich hätte ihn sehr gern berührt. Ich hielt es nicht länger aus und ging an den Tisch.

„Ist alles in Ordnung?", erkundigte ich mich.

„Klar!", brüllte die laute Frau. „Noch eine Runde!"

Eilig mischte ich die Drinks und servierte sie. Wieder verlor ich mich in Navids sanften Augen und hätte fast eines der Gläser umgestoßen. Mir stieg die Hitze in den Kopf und pochte gegen die Schläfen. Ich füllte Chips und Nüsse in Schälchen und brachte sie an den Tisch. Dabei berührte ich mit dem Arm leicht Navids Schulter. Er sah mich an und lächelte sein besonderes Lächeln. Ich schmolz wie Schokolade in Noras Händen und versuchte, ebenfalls zu lächeln.

„Hanna!", mahnte mein Chef und ich fühlte mich, als ob er mich aus einem tiefen Schlaf gerissen hätte.

„Hanna also", sagte Navid.

Ich nickte nur, versuchte noch einmal zu lächeln und eilte zur Theke.

„Wolltest du dort Wurzeln schlagen? Es gibt noch mehr Tische als diesen einen", zischte mein Chef.

„Ich hoffe, die haben die teuren Nüsse bestellt und werden sie auch bezahlen."

„Klar", log ich.

Für mich war der Abend gelaufen. Ich schwebte wie in einer Blase und malte mir aus, mit Navid Hand in Hand an der Isar spazieren zu gehen. Gleichzeitig war mir klar, dass ich Unsinn träumte.

„Räum Tisch vier ab!", befahl mein Chef.

Ich gehorchte. Aber ich träumte weiter und war nicht bei der Sache. Um mich wieder auf meine Arbeit im Hier und Jetzt zu konzentrieren, zählte ich Gläser auf dem Tresen und Flaschen im Regal. Es gelang mir nicht. Als mir das zweite Glas herunterfiel, schnaubte der Chef wie ein Pferd und schickte mich heim. Ich hatte nun keine Gelegenheit mehr, mit Navid zu sprechen. An der Tür drehte ich mich um und sah, wie er mir zuwinkte. Überaus glücklich strahlte ich und winkte zurück.

Es war erst kurz nach ein Uhr, normalerweise blieb ich, bis die Bar geschlossen wurde und war selten vor drei Uhr daheim. Ich brauchte nicht viel Schlaf und war bis spät in der Nacht putzmunter. Dafür kam ich am Morgen nur schwer in die Gänge. Ohne meine kleine Nora hätte ich bis zum Nachmittag geschlafen. Sie liebte es, am Morgen zu mir ins Bett zu kriechen, sich ganz dicht an mich zu kuscheln und noch ein Stündchen zu schlafen. Ich genoss das sehr und wollte mein kleines Mädchen nicht in den Kindergarten geben. Uns ging es gut. Wir verbrachten die Tage zusammen und ich arbeitete in der Bar, wenn Nora schlief.

*****

Am nächsten Abend schaute ich ständig zur Tür und hoffte, dass Navid die Bar betritt. Aber er kam nicht. Erst eine ewig lange Woche später stand er vor mir.

„Grüß dich", sagte ich, strahlte ihn an und beugte mich leicht vor, weil ich die in München üblichen Begrüßungsküsschen erwartete.

„Salam", grüßte er zurück. „Ich muss dringend mit Ihnen sprechen."

Er siezte mich! Dass er so reserviert reagierte, fuhr mir sofort in sämtliche Knochen. Spürte er nicht die gleiche Anziehung wie ich?

„Wann haben Sie Feierabend?"

„Gegen drei Uhr etwa."

„Gut. Ich warte."

Was sollte das jetzt werden? Was will er mit mir so dringendes besprechen? Und doch hat es Zeit bis *nach* der Arbeit? In der Bar herrschte die übliche Hektik und es gab viel zu tun. Ich arbeitete wie im Rausch, übersah keine einzige Bestellung, mixte konzentriert die Drinks und fand freundliche Worte für die Gäste. Navid saß mir gegenüber auf einem Barhocker und ließ mich nicht aus den Augen. Mich beruhigte seine Gegenwart, als gehöre er dorthin.

„Ich muss unbedingt mit Ihnen reden, weil Sie mir seit Tagen nicht mehr aus dem Kopf gehen."

Er hat sich in mich verliebt, jubelte ich innerlich.

„Ihr Name Hanna klingt so angenehm, so vertraut. Ich habe nachgelesen, was er bedeutet: die Anmutige, die Begnadete. Das gefällt mir gut und passt wunderbar zu Ihnen."

Ich wusste nicht, ob ich ihm glauben soll, denn über die Bedeutung eines Vornamens hatte ich mir noch nie Gedanken gemacht.

„Was bedeutet Navid?", fragte ich und lächelte.

„Navid bedeutet ein Versprechen oder eine gute Nachricht."

Das gefiel mir sofort.

„Darf ich Sie nach Hause begleiten?", fragte er und ich fühlte mich wie eine feine Dame.

Trotzdem musste ich lachen und sagte, dass er das alberne Siezen lassen soll.

„Gut, aber höflich scheint mir das nicht."

Navid begleitete mich bis vor meine Tür. Leider war es kein weiter Weg, schon nach zwanzig Minuten erreichten wir das Haus, in dem ich wohnte. Trotzdem erfuhr ich in dieser kurzen Zeit viel aus seinem Leben.

Navid ist Perser, geboren in Mashhad, wo er Physik und Bauingenieurwesen studierte. Er sprach ein akzentfreies Deutsch. Nur das A klang bei ihm eher wie ein kurzes offenes O. Aber das fällt in Bayern nicht auf, da auch hier das A meist durch ein O ersetzt wird, allerdings stärker betont. Navid hatte eine sehr angenehme Stimme und konnte wunderbar erzählen. Ich hätte ihm ewig zuhören können und ihn fast mit nach oben in meine kleine Wohnung genommen. Gerade noch rechtzeitig fiel mir mein Schwur ein, nie wieder einen Mann in meine Wohnung zu lassen. Aber vielleicht war das ein sehr dummer Schwur.

Noch in der Nacht rief ich Olli an. Ich war zum Platzen glücklich und schwärmte von Navid. Doch sie war nicht begeistert.

„Ein Ausländer!", schimpfte sie. „Lass die Finger von ihm."

*****

Von diesem Tag an sahen wir uns regelmäßig. Navid war mir vom ersten Augenblick an so vertraut, als kenne ich ihn bereits mein ganzes Leben. Mit ihm verflog die Zeit rasend schnell. Wir redeten die ganze Zeit, was ich nicht gewöhnt war, mich aber begeisterte. Ich fühlte mich verstanden. Wir sprachen über alles, auch über meine Ausbildung zur Hauswirtschafterin. Im Gegensatz zu Robert fand Navid diesen Beruf besonders wertvoll, weil man dieses Wissen überall, in jeder Firma und sogar privat nutzen kann. Navid hielt mich nicht für dumm. Er sagte, ich hätte einen natürlich funktionierenden Verstand, den keine Bildung ersetzen kann.

Besonders angenehm empfand ich Navids Zuverlässigkeit. Er nannte immer eine genaue Uhrzeit für das nächste Treffen und war stets pünktlich, was ich von Robert gar nicht kannte.

Nora liebte Navid ebenso wie ich und Navid hatte

zu meiner großen Freude viel Spaß mit meiner Tochter. Wir gingen gemeinsam spazieren, fuhren zum Wildpark Poing und an den Starnberger See, wanderten an der Isar entlang oder bummelten durch den Englischen Garten.

Neidisch beobachtete ich die Paare, die händchenhaltend auf der Wiese saßen und sich küssten. Navid ergriff niemals meine Hand, weshalb ich nach seiner tastete. Er zog sofort seine Hand zur Seite, weg von mir.

„Was ist?", fragte ich erschrocken.

War ich ihm zu nahe getreten? Wollte er nur schöne Gespräche und keinen körperlichen Kontakt?

„Ich bin Perser und meinen Traditionen verpflichtet. Mit einem Mann darf ich Hand in Hand gehen und ihn zur Begrüßung küssen. Deine Hand würde ich niemals berühren; das gehört sich nicht, schon gar nicht in der Öffentlichkeit."

Er *darf* mich weder umarmen noch küssen?

„Aber wir leben in Deutschland!", protestierte ich.

„Eine Frau sollte zurückhaltend sein", belehrte er mich und meinte es offensichtlich ernst.

Beim Abschied legte er seine rechte Hand aufs Herz und neigte leicht seinen Kopf. Er gab mir nicht einmal den gehauchten Kuss auf die Wange, der in München üblich ist. Das konnte ich nur schwer ertragen. Merkte er nicht, wie sehr ich mich nach ihm verzehrte? Ich spürte seine Zuneigung, doch noch mehr spürte ich meine Ungeduld und mein unbändiges Verlangen nach seinem Körper. Wenn ich in seine dunklen Augen schaute, versank ich wie in einem tiefen See. Doch ich wollte endlich ganz mit ihm verschmelzen. Aber er machte keine Anstalten und ich wagte nicht den ersten Schritt, weil ich Angst hatte, ihn damit zu vertreiben. Er hatte gesagt, eine Frau muss zurückhaltend sein. Und doch spürte ich Navids Verlangen, obwohl er es sorgfältig verbarg. Oder bildete ich mir das nur ein, weil ich es mir so sehr wünschte?

Als wir über den Viktualienmarkt schlenderten, kam mir die Idee, Navid zum Essen einzuladen. Ich kann gut kochen. Schließlich habe ich das gelernt. Navid schaute mich überrascht an und mir fiel ein, dass es im Iran nicht erlaubt ist, sich allein mit einer Frau zu treffen. Aber er zögerte nur kurz, bevor er zustimmte und sich für die Einladung bedankte.

*****

Ich schnitt Schinkenspeck in kleine Würfel und briet sie in etwas Butter an, dann löschte ich mit Weißwein ab, verrührte Parmesan mit Eigelb, gab etwas Nudelwasser dazu und ließ die gegarte Penne darin ziehen. Spaghetti wären besser, doch damit manschte Nora nur alles voll. Dazu servierte ich Spinat.

Navid lobte mein Essen. Erst viel später erfuhr ich,

dass Perser Schweinefleisch ablehnen. Doch weil Navid bereits seit drei Jahren in Deutschland lebte, sah er die muslimischen Vorschriften nicht so eng. Er trank sogar Alkohol.

„Darf ich auch einmal für dich kochen?", fragte er.

Ein Mann, der kochen kann! Ich war beeindruckt und stimmte begeistert zu. Robert konnte nicht einmal ein Ei aufschlagen für ein Spiegelei, weil er sich mit solch profanen Dingen nicht beschäftigen muss. Schließlich studiert er.

„Iraner sind sehr gastfreundlich und bewirten sehr gern Besucher in ihrem Haus. Morgen?"

Erfreut nickte ich.

„Ich kann viele Gerichte aus Hackfleisch mit Gemüse zaubern und verwende unsere besonderen Gewürze, die man in den arabischen Geschäften der Stadt bekommt."

„Hackfleisch mag ich besonders gern, weil man so viel daraus machen kann. Es ist erheblich vielseitiger als zum Beispiel ein Schnitzel."

Ich gestand, dass ich nur selten Fleisch kaufe, weil ich in meiner Ausbildung gelernt hatte, dass rohe Salate gesünder und für die Umwelt besser sind.

Navid runzelte die Stirn und wackelte mit seinem erhobenen Zeigefinger hin und her.

„Du musst schon eine beträchtliche Menge Grünzeug kauen und viel Öl benutzen, damit es satt macht und hoffentlich nicht allzu schwer im Magen liegt."

Das überraschte mich. Doch es stimmt, denn Nudeln mit einer fertigen Soße aus dem Supermarkt schmecken köstlicher als roher Salat und halten länger vor.

Doch Navid mochte keine Fertigsoßen.

„Du bist Köchin und kannst leicht jede Soße selbst machen. Außerdem sollten beim Wort Aroma deine Alarmglocken läuten. Ebenso bei Geschmack. Vanillegeschmack bedeutet nur, dass es nach Vanille *schmeckt*, aber nicht, dass es Vanille enthält."

Darüber hatte ich noch nie nachgedacht. Außerdem glaubte ich seinen Weisheiten nicht, denn schließlich hatte *ich* Hauswirtschaft gelernt – nicht er.

Als ich Nora ins Bett brachte, wollte er sich verabschieden, doch ich bat ihn, noch einen Moment zu bleiben. Trennungen fielen uns immer schwer.

Navid streichelte sanft meine Haut, als wäre ich zerbrechlich.

„Komm zu mir!", bat ich ungeduldig.

Erst danach wurde sein Griff fester und ich spürte sein Verlangen, dem ich mich überglücklich hingab. Er betrachtete meine Brüste, den Bauch und die Schenkel, als hätte er nie zuvor einen nackten Frauenkörper gesehen. Doch seine Küsse und die Art, wie er mich streichelte und in mich eindrang, bewies sehr wohl Erfahrung. Wir wurden ein Paar und ich hätte heulen können vor Glück. Mir war in dieser Nacht jeder Gedanke unmöglich. Ich dachte an gar nichts, sondern suhlte mich in diesem irrsinnigen Glücksgefühl, das in meinem ganzen Körper pulsierte. Navid hielt mich fest in seinen Armen, sprach aber kein Wort. Dabei wollte ich hören, dass er mich liebt und jetzt ebenso glücklich ist wie ich. Natürlich wusste ich, dass Männer so etwas nicht sagen. Trotzdem wünschte ich nichts so sehr wie genau diese Worte.

Erst, als Nora zu uns ins Bett kroch, merkte ich, dass es draußen bereits hell wurde. Sie kreischte, als sie auf uns sprang. Navid lachte und warf sie in die Luft, während ich weinen wollte, weil mit einem Mal der ganze Zauber vorbei war. Er stand auf, zog sich an und verließ wortlos den Raum.

„Willst du kein Frühstück?", rief ich ihm verzweifelt nach.

Ich hatte erwartet, dass er noch am gleichen Tag anruft, da er ohne eine neue Verabredung gegangen war und eigentlich heute für mich kochen wollte. Aber er rief nicht an, obwohl er wissen musste, dass ich darauf warte. Am nächsten Abend arbeitete ich in der Bar, auch an den zwei folgenden. Ich brauchte nur wenig Schlaf, doch in diesen drei Nächten schlief ich überhaupt nicht. Ich grübelte ohne Pause, warum er sich nicht meldet, rief Olli an und erzählte ihr alles.

„Vergiss ihn!", riet sie.

„Das kann ich nicht."

„Er hat bekommen, was er wollte und nun bist du für ihn nicht mehr interessant."

Hatte Olli Recht?

Wütend schrieb ich *Bist Du nach dieser Nacht mit mir fertig?,* schickte die SMS aber nicht ab. Zu groß war das Risiko, dass er nicht antwortete und ich noch mehr vergeblich grübelte, *warum* er sich nicht meldete. Da war mir eine klare Absage lieber. Dann musste ich nicht mehr nachdenken und konnte den ganzen Tag und die Nächte um ihn weinen. Aber ich hatte Angst davor. Außerdem wollte ich ihm keine Schuldgefühle vermitteln.

Ich begriff nicht, weshalb er mich nach all den gemeinsamen Wochen und der wunderbaren Nacht so einfach verlassen konnte. Oder hatte er mich gar nicht verlassen? Es gab schon vorher Tage, an denen wir uns nicht trafen, aber es gab noch keine gemeinsame Nacht. Ich verstand es einfach nicht.

Navid zuliebe kaufte ich ab sofort nichts mehr, was die Worte Aroma und Geschmack enthielt. Fast sofort verschwanden meine Bauchschmerzen und Nora aß plötzlich mit viel Appetit Gemüse, sogar Brokkoli und Lauch.

*****

Ich starrte auf mein Handy und flehte innerlich: „Bitte melde dich!"

In diesem Moment ploppte ein Fenster mit einer Nachricht auf: *Bitte komme heute 21 Uhr zum Abendessen. N.*

N konnte nur Navid bedeuten, obwohl er mir nie zuvor eine SMS geschickt hatte.

Wo? Kuss Hanna, antwortete ich sofort.

War *Kuss* zu aufdringlich? Sofort bereute ich das Wort, aber es war versendet. Normalerweise mag ich kurze Nachrichten lieber als lange Telefongespräche. Doch nicht bei Navid. Ich liebte die stundenlangen Gespräche mit ihm. Wieder ließ ich das Handy nicht aus den Augen, doch Navid antwortete nicht. Als nach einer Stunde noch immer keine Antwort kam, fürchtete ich, er habe die Einladung versehentlich an mich geschickt. Es stand keine Anrede dabei, nicht Hanna und auch kein Kosewort. Navid nannte mich Eshgham, was meine Liebe bedeutet oder Zendegim (mein Leben). Nein, er hatte ganz sicher nicht mich gemeint, obwohl er am Tag vor unserer gemeinsamen Nacht versprach, am nächsten Tag für mich zu kochen. Oder hatte ich seine Worte zu wörtlich genommen und es war nur eine dahingesagte Floskel, die er längst vergessen hatte wie unsere wunderbare Nacht.

Alle meine Bekannten sagen, es ist mein größter Fehler, Worte ernst zu nehmen. Doch für mich ist das der einfachste Weg, weil ich nicht überlegen muss, was die Leute meinen könnten, sondern davon ausgehe, dass sie genau das meinen, was sie sagen.

Warum hat Navid so viele Wochen Zeit mit mir verbracht, um nach unserer Liebesnacht einfach zu verschwinden? Ich verstand das nicht.

Endlich kam die genaue Adresse und der Hinweis auf die U2 oder den Bus 153. Wieder ohne Anrede und ohne ein persönliches Wort. Doch Navid hatte *heute* geschrieben? Wie soll ich so schnell jemanden finden, der auf Nora aufpasst? Oder soll ich sie mitbringen? 21 Uhr ist zu spät, um mit einem Kleinkind auszugehen. Ich entschied, die Nachbarin zu bitten und kaufte außer Chips und Wein noch eine Schachtel Pralinen für sie.

Als Gastgeschenk für Navid packte ich schwarzen Tee mit Kardamom und Rosenblüten in eine Tüte.

Doch was sollte ich anziehen? Ganz lässig Jeans und Pulli oder mich fein aufbrezeln? Ich wählte den Mittelweg: dunkle Hose und einen grünen Pulli, der nicht allzu eng am Körper anlag. Keinen Schmuck, nur einen Fingerring. Sorgfältig wählte ich die Unterwäsche, denn es war klar, dass es eine zweite Nacht geben wird. Ich trug einen grünen BH aus Spitze mit passendem Slip und freute mich schon beim Anziehen auf den Moment, wenn mir Navid langsam alles wieder auszieht.

Navid hatte mir erzählt, dass er in der Maxvorstadt wohnte, wo die Mieten sehr hoch sind und seine Wohnung mit vielen Teppichen ausgelegt ist. Ich dagegen besaß keinen einzigen Teppich. Ich stellte mir vor, wie wir zusammen auf einem der Teppiche liegen und mir wurde auf einmal ganz heiß. Meine Wangen brannten immer noch, als ich bei ihm klingelte.

Bevor ich Navid um den Hals fallen konnte, hauchte er mir wortlos ein Begrüßungsbussi auf die Wange und führte mich ins Wohnzimmer. Dort stellte er mir die laute Frau aus der Bar und zwei Arbeitskollegen vor, die bereits um einen niedrigen Tisch saßen und mich neugierig musterten.

„Servus. Ich bin die Hanna", sagte ich so locker wie möglich, obwohl mich die Gesellschaft einschüchterte.

Ich war froh, kein Kleid angezogen zu haben, denn es gab keine Stühle, nur Kissen auf dem Boden und ich hätte nicht gewusst, wo ich meine nackten Beine verstecken soll. Navid sprach den ganzen Abend nicht mehr und nicht weniger mit mir als mit den anderen. Unverbindlich. Ich wusste nicht, wie ich mich verhalten sollte und kam mir plump und linkisch vor.

Eine Frau mit Kopftuch servierte eine Gemüsesuppe mit Fladenbrot. War sie seine Frau? Ihr Alter war schwer zu schätzen. Sie konnte ebenso zwanzig wie doppelt so alt sein. Auffallend waren ihre großen schwarzen Augen. Sie sprach nicht mit uns und ging sofort zurück in die Küche. Später brachte sie Duftreis und am Spieß gegrilltes Lamm, dazu Auberginen und verschiedene eingelegte Gemüse.

Statt Wein oder Bier gab es schwarzen Tee und eine Art gewürzten Joghurt. Zum Schluss stellte die Frau eine große Schale Obst auf den Tisch. Es schmeckte alles vorzüglich, doch wirklich genießen konnte ich nichts, weil ich auf eine weitere Nacht mit Navid hoffte und mir in Gedanken die Umarmung ausmalte. Ich wollte mit ihm allein sein. Ich wollte, dass er mich in seine Arme nimmt und sagt: „Bleib bei mir!"

Nervös wartete ich darauf, dass er die anderen Gäste wegschickte. Doch wir verließen alle gleichzeitig die Wohnung. Die anderen gingen zur S-Bahn. Ich tat so, als müsste ich in die andere Richtung, blieb aber in der Nähe von Navids Wohnung, weil ich auf ein Zeichen von ihm wartete. Er würde mich ganz sicher zurückrufen. Aber er rief nicht. Er kam auch nicht vor die Tür, um mich nach Hause zu begleiten. Ich war völlig durcheinander und wusste nicht, wie ich Navids Verhalten einordnen soll. Hatte die Nacht in seinen Armen unsere Beziehung beendet?

Mir fielen Ollis Worte ein, dass man sich den Mann vom Leib halten muss, weil sie sich nach der Umarmung nicht mehr blicken lassen, denn sie haben bekommen, was sie wollten. Mein Verstand sagte mir, dass sie Recht hat, doch mein Gefühl sagte mir etwas ganz anderes. Navid und ich waren Seelenverwandte. Wir liebten uns. Wir brauchten uns. Außerdem musste ich mir Navid nicht vom Leib halten, weil er mich wochenlang nicht anrührte, obwohl ich es wollte. Wir gingen stundenlang spazieren und sprachen miteinander, aber berührten uns nicht.

Die ganze Nacht lag ich wach und grübelte. Gegen Morgen hielt ich es nicht mehr aus und rief Navid an.
Bevor ich etwas sagen konnte, flüsterte er: „Meine liebste Hanna! Ich komme!"
Völlig verblüfft schaute ich noch auf das Handy, als er längst aufgelegt hatte. Er wollte mich sehen und freute sich. *Meine liebste* Hanna, hatte er gesagt. Und *Ich komme.* Er kommt! Ich war außer mir vor Glück.
O Gott! Ich muss duschen und mich anziehen. Am liebsten würde ich ihm gleich im Nachthemd die Tür öffnen. Doch das ging nicht, denn Nora war daheim. Ob ich sie schnell zur Nachbarin bringe? Eilig zog ich mich an und richtete den Frühstückstisch, briet Rührei mit Tomaten und Pilzen und bereitete Espresso vor. Ich hatte seit Wochen Kardamom im Haus, weil Navid dieses Gewürz mochte.
Er umarmte mich zärtlich, erklärte aber mit keinem Wort, warum er sich so lange nicht gemeldet hatte und mich bei seinem Abendessen so kühl behandelte wie seine Kollegen. Doch vielleicht war ich zu empfindlich oder zu erwartungsvoll. Deshalb fragte ich nicht danach.

Ab diesem Morgen verbrachten wir nahezu jeden Tag zusammen. Navid musste nur zwei Mal in der Woche ins Büro und arbeitete viel im Home Office. Er verdiente gut. Ich arbeitete weiterhin drei Nächte in der Bar und hatte ansonsten viel Zeit zum Träumen von einer wunderbaren Zukunft mit Navid. Ich sah uns in einem schönen Haus mit Garten südlich von München mit Nora und mindestens zwei weiteren Kindern, denn Navid liebte Kinder. Und er liebte mich.

Ich war rundum glücklich.

Bruch

Ein halbes Jahr später wurde ich schwanger und freute mich unbändig, Navid davon zu erzählen.

„Wir bekommen ein Kind!", jubelte ich.

Navid nahm mich in seine Arme und hielt mich fest. Er freute sich, das spürte ich deutlich. Und doch stimmte irgend etwas nicht. Sanft schob er mich zurück, strich mir die Haare hinters Ohr und streichelte meine Wange.

„Unseren Jungen nennen wir Arash. Das bedeutet glänzend und leuchtend."

Ich seufzte, denn ich wusste, dass Muslimen Söhne wichtig sind. Doch ich war viel zu glücklich, um mir deshalb Sorgen zu machen.

Trotzdem fragte ich leise: „Und wenn es ein Mädchen wird?"

„Ein Mädchen?" Navid überlegte kurz, dann sagte er: „Anahita, die Makellose, die Reine."

„Wunderbar!", rief ich aus, obwohl ich mir Paul und Lina als Namen für meine Kinder vorstellte.

Arash und Anahita klingen arabisch. Nicht, dass mich das stört. Aber ich falle nicht so gern auf und möchte auch nicht, dass mein Kind Anlass zu unangenehmen Fragen gibt.

„Hanna, meine Liebste …" Navid sah mich liebevoll und gleichzeitig ernst an. Dann sagte er ganz ruhig, als wäre es die selbstverständlichste Sache der Welt: „Ich liebe dich, aber ich kann dich nicht heiraten."

Ich lächelte, weil ich nicht begriff, was er mir damit sagen wollte. Sein beherrschter Blick machte mir plötzlich Angst.

„Aber wir gehören zusammen!", rief ich aus.

Navid nickte und zog mich an seine Brust. Erleichtert seufzte ich, denn alles war in Ordnung. Warum also zitterte ich immer noch?

„Hanna, du bist mein Leben", hauchte er und ich spürte sofort, dass jetzt ein Aber folgt. „Ich kann dich wirklich nicht heiraten, das erlauben meine Eltern nicht."

„Was haben deine Eltern damit zu tun?", fragte ich fassungslos.

„Sie sind sehr liberal und haben nichts dagegen, dass wir Freunde sind."

„Wir sind keine Freunde!", zischte ich. „Wir sind ein Paar. Wir lieben uns und bekommen ein Kind."

„Ich weiß. Aber ich kann unmöglich eine deutsche Frau heiraten, eine Ungläubige, eine, die bereits ein Kind von einem anderen Mann hat."

„Bis jetzt hat dich das nie gestört."

„Mich stört es auch nicht. Aber …"

„Aber?"

„Im nächsten Jahr wird meine Braut sechzehn, der Termin für die Hochzeit steht bereits fest."

„Was redest du da?"

„Es tut mir leid."

Aber er sah nicht so aus, als ob ihm das leid täte. Er sprach so ruhig, als ginge es um einen Kaffee oder ein Linsengericht und nicht um die Heirat mit einer anderen Frau.

„Meine Eltern und die Eltern meiner Braut haben sich bereits vor Jahren geeinigt."

„Und du? Was ist mir dir? Hast du auch eine Meinung oder wirst du tun, was deine Eltern verlangen?"

„Ich muss."

„Nichts musst du!", rief ich völlig außer mir. Dann fragte ich leise: „Liebst du dieses Mädchen?"

„Nein. Ich liebe nur dich. Meine Braut kenne ich gar nicht."

„Du willst ein fremdes Mädchen heiraten, das du gar nicht kennst, obwohl ich schwanger bin?"

„Es tut mir leid", wiederholte er. „Sei nicht traurig!

Für uns ändert sich nichts."

„Wie soll das gehen?"

„Wir bleiben zusammen."

„Doch du wirst mich nicht heiraten."

„Nein. Meine Eltern würden einer Verbindung mit dir niemals zustimmen. Eher schließen sie mich aus der Familie aus und enterben mich."

„Brauchen wir deine Familie? Brauchen wir ihr Geld? Wir haben schon alles, was wir brauchen. Wir haben uns und wir bekommen ein Kind."

„Ich behalte meine Wohnung in München, wo wir uns immer sehen können, wann wir wollen. Aber ab dem Tag meiner Hochzeit wohne ich mit meiner Frau in einem neuen Haus in Garching."

Ausgerechnet Garching, wo ich geboren wurde und so viel Kummer erlebte. Ich hasse diese Stadt. Und ich hasste Navid. Ich war außer mir. Wollte er damit sagen, dass ich nur sein Gschbusi bin? Eine Geliebte ohne Rechte.

„Als wir uns kennenlernten sagtest du, dein Name bedeutet gute Nachricht und ein Versprechen."

„Ich habe dir nie die Ehe versprochen."

„Nein, das hast du nicht. Aber du hast auch nicht gesagt, dass du ein Mädchen heiraten wirst, das du gar nicht kennst."

„Jetzt weißt du es. Wie gesagt: Zwischen uns ändert sich nichts."

Fassungslos sank ich aufs Sofa. Navid setzte sich zu mir und umfasste meine Hände.

„Wenn du mich nicht so liebst wie ich bin, hat es keinen Sinn mit uns", sagte er traurig und ich spürte, dass er es ernst meint.

„Aber das tu ich doch!"

„Tust du nicht, weil du beleidigt bist, dass ich eine andere Frau heiraten muss."

Ich bin nicht beleidigt. Ich bin empört, fassungslos, entsetzt, grenzenlos wütend und gleichzeitig unbeschreiblich traurig. Mein Körper fühlt sich an wie ein Sack voller Steine, so dass ich mich nicht bewegen kann.

„Es wird einfach sein. Wir sehen uns und ich werde dich und unseren Sohn behüten."

Unseren Sohn. Behütet er ein Mädchen nicht?

Doch, denn er spielte ganz wunderbar mit Nora. Er würde auch ein Mädchen lieben.

„Alles wird gut."

„Nichts wird gut, wenn du eine andere heiratest."

Mir schnürte es die Kehle zu, so dass ich kein Wort mehr hervorbrachte. Dafür liefen mir unablässig die Tränen über die Wangen.

Navid zog die Augenbrauen hoch und ließ den Mund offen. Er hatte nichts verstanden. Wie konnte er glauben, ich würde seine Heirat akzeptieren und zufrieden sein als seine Geliebte? Langsam ließ er meine Hände los, strich sanft über meine Haare, stand auf und ging zur Tür.

„Du kannst jetzt nicht einfach gehen!", schrie ich ihm nach.

„Du verstehst mich nicht. Du verstehst meine Kultur nicht. Genügt dir nicht, dass ich dich liebe?"
„Nein, das genügt mir nicht. Ich will dich ganz oder gar nicht."
Navid ging ohne ein weiteres Wort. Er schlug nicht einmal die Tür zu, wie ich es getan hätte.

Ich kroch ins Bett, rollte mich zusammen und umschlang mit beiden Armen meine Knie. Mir war entsetzlich kalt, obwohl heute ein besonders heißer Sommertag war. So fest ich meine Augen auch zusammenkniff, ich sah Navid vor mir, wie er leise die Tür hinter sich schloss. Mir war auf einmal klar, dass er nicht zurückkommen wird, aber ein Leben ohne Navid konnte und wollte ich mir nicht vorstellen. Das Handy hatte ich mit ins Bett genommen, obwohl ich wusste, dass er nicht anrufen wird.
„Mama, du hast gar kein Nachthemd an", weckte mich Nora am nächsten Morgen.
Ich hatte mich irgendwann in den Schlaf geweint, ohne mich zu duschen und auszuziehen. Mein Kopf dröhnte und ich fühlte mich schrecklich.

Ich wartete. Ich wartete jeden Tag auf seinen Anruf und darauf, dass er zu mir kommt und sagt, wie leid ihm alles tut. Ich glaubte, er würde darüber nachdenken und die Hochzeit mit dem fremden persischen Mädchen absagen. Seine Eltern lebten mehr als fünftausend Kilometer von hier entfernt.

Sie würden sich mit einer deutschen Frau abfinden und ihren Enkel lieben. Navid hatte nichts zu verlieren. Er war ein Mann. Ich dagegen musste allein mit der Schwangerschaft zurechtkommen.

Genau das hatte ich schon einmal erlebt – vor zwei Jahren. Doch jetzt war alles viel schlimmer. Noch nie in meinem ganzen Leben fühlte ich mich so einsam und allein wie an diesem Tag.

Ich rief Olli an.

„Alles geht schief", beklagte ich mich. „Wozu soll ich überhaupt leben?"

„Für deine Tochter und das Kind, das du erwartest."

„Das ist kein Trost. Das ist nur eine Scheiß-Verantwortung, die ich mir nicht selbst ausgesucht habe."

„So ist das nun mal im Leben", bemerkte Olli. „Alles kommt anders als geplant."

„Ich habe gar nichts geplant."

„Dann ist es noch schlimmer. Du lässt dich führen, ordnest dich unter", kritisierte sie.

„Das stimmt nicht!"

„Du hast dich Birger hingegeben und zwar ganz ohne Not."

„Ich habe ihn geliebt!"

„Ja ja – wer´s glaubt. Du warst abhängig von ihm wie von Robert und Navid. Gefühlsmäßig meine ich. Für Birger warst du ein Projekt, das in sein Praktikum passte. Du als Person warst gar nicht für ihn vorhanden."

Auch das stimmte nicht. Birger hatte viel für mich getan. Das macht man nur, wenn man ehrlich liebt. Er musste für seine Prüfungen lernen, weshalb er nur noch wenig Zeit für mich hatte. Außerdem ging ich bald darauf nach Grafing und wir verloren uns aus den Augen.

Olli traut keinem Mann etwas Gutes zu. Doch nun wetterte sie nicht nur gegen die Männern, sondern auch gegen mich.

„Auch bei Robert hast du dich gefügt, hast dich an ihn gehängt, wann und wohin er wollte. Dann warf er dich weg und du hast akzeptiert."

„So war das nicht!", widersprach ich, obwohl ich das Gefühl hatte, dass es in Wirklichkeit ganz genau so war.

Ich mochte weder seine Freunde noch die Kneipen, wo er ständig herumhing. Seine Meinungen und vor allem seine seltsamen Filmchen waren mir suspekt und in meinen Augen völlig realitätsfremd. Aber ich hatte keine Ahnung von Kunst und war ungebildet, was Robert immer wieder betonte. Dass er mich verließ, als ich schwanger wurde, hat mich fast zerbrochen. Mir fielen damals sämtliche Mahnungen von Olli ein und ich schwor mir, mich nie wieder mit einem Mann einzulassen. Vielleicht mit ihm ausgehen, aber mehr nicht.

„Navid hast du ebenso angebetet und alles mitgemacht bis zu dem Tag, an dem er dich wegschickte."

„Er hat mich nicht weggeschickt. Ich bin von selbst gegangen. Das weißt du doch."

„Nicht aus Einsicht, sondern aus Egoismus. Du wolltest geheiratet werden; genau wie bei Robert."

„Ich weiß nicht, worauf du hinauswillst. Bei allen drei Männern waren es ganz unterschiedliche Situationen."

„Die Männer waren verschieden. Doch du bist die Gleiche geblieben, hast nichts begriffen und wirst auch beim nächsten Mann die gleichen Fehler machen."

Olli hielt eine dauerhafte Verbindung zu einem Mann und erst recht zu einem Ausländer für komplett unwahrscheinlich.

„Männer denken und handeln anders als eine Frau. Erst recht, wenn sie aus einer anderen Stadt kommen als du. Ein Norddeutscher wie Birger fühlt und handelt anders als ein Bayer wie Robert und der Unterschied zwischen dir und einem Perser wie Navid ist noch viel viel größer."

Ich begriff kein Wort. Ein Mensch ist entweder nett oder grob, was nichts mit seiner Herkunft zu tun hat. Schon in der kleinen Stadt Garching merkte ich als Kind die Unterschiede. Die Mitschüler und Nachbarn waren klug oder dumm, dick oder dünn, lieb oder garstig. Meine Mutter war ganz anders als ihre Schwestern oder Vater. Alle lebten in meiner unmittelbaren Nähe. Also hat die Herkunft keinen Einfluss auf den Charakter.

„Wieso erwartest du, dass Navid seine Tradition für dich aufgibt?"

„Weil er mich liebt."

„Aha. Würdest du in seiner persischen Familie leben wollen? Ein Kopftuch und einen langen Mantel tragen, dich der Schwiegermutter unterordnen?"

„Natürlich nicht. Aber was hat das damit zu tun?"

„Du erwartest, dass er sich so verhält, wie es für dich am besten ist. Er soll sich für dich ändern."

„Er soll sich nicht ändern. Er soll nur dieses Mädchen nicht heiraten, sondern mich."

„Das kann er nicht. Begreifst du das nicht?"

Nein, das begriff ich nicht. Ich verstand auch Olli nicht.

„Auf welcher Seite stehst du eigentlich?"

„Auf deiner natürlich. Ich verstehe dich."

„Nein, du verstehst nur Navid", schluchzte ich.

„Heiln hilft di aa ned weida" (Heulen hilft dir auch nicht weiter), wies sie mich grob auf Bayerisch zurecht.

„Du bist gemein!"

„Bin ich nicht. Ich bin nur kein Träumer wie du."

„Was soll ich tun?"

„Du musst dich entscheiden. Entweder, du verzichtest auf ihn oder du bleibst bei ihm als seine Zweitfrau."

Schon das Wort Zweitfrau klang scheußlich. Es bedeutet, dass mein Mann bei einer anderen Frau mit anderen Kindern in einem anderen Haus lebt. Navid würde mich nur besuchen, wenn er wollte und so lange er wollte. Wenn er seine junge Frau liebt, würde er vielleicht gar nicht mehr kommen. Nein, das war keine Option für mich.

In diesem Moment wurde mir klar, was mir Olli sagen wollte. Ich durfte von Navid nicht verlangen, auf die Kultur seiner Heimat zu verzichten, da auch ich nicht bereit war, in seiner Tradition zu leben. Niemals würde ich ihm in sein Land folgen, obwohl ich ihn liebte. Ich wusste, dass er mich genauso liebt wie ich ihn. Und doch verzichtet er auf ein Leben mit mir, weil er seiner Tradition und seinen Eltern verpflichtet ist.

Olli hatte Recht, Navid und ich waren zu verschieden. Das konnte nicht gut gehen auf Dauer.

Trotzdem verzehrte ich mich nach ihm. Ich konnte nicht mehr essen und auch nicht mehr schlafen, so sehr vermisste ich ihn. So ein tiefes Gefühl kannte Olli mit Sicherheit nicht.

„Hast du jemals richtig geliebt? Ganz tief. So wie ich?"

Olli schnaufte: „Was bildest du dir eigentlich ein? Hältst du dich für etwas Besonderes, weil du leidest? Meinst du, du bist der einzige Mensch auf der Welt, der Liebeskummer hat?"

Ich hatte keinen Liebeskummer, sondern ein gebrochenes Herz. Das verstand sie nicht, obwohl sie meine beste und einzige Freundin war.

„Du wirst es überleben; das tut man immer. Mach's gut und halt die Ohren steif!"

Sie hatte aufgelegt. Was soll ich mit steifen Ohren? Und was soll ich gut machen? Nichts ist gut. Tief enttäuscht kroch ich auf Sofa, um zu weinen. Allein. Allein mit Nora, die auch nichts verstand und fröhlich vor sich hin brabbelte.

Unfall

Einige Wochen später lief ich 3 Uhr morgens von der Bar nach Hause. Da sah ich einen Mann auf einer Bank sitzen. Sein Kopf war auf die Brust gesunken und er starrte vor sich hin. Das konnte nur Navid sein. Er wollte zu mir zurück und bei mir bleiben. Überglücklich rief ich seinen Namen und lief ihm entgegen. Erst kurz vor ihm merkte ich, dass es nicht Navid, sondern ein Fremder war.

Der Mann sprang auf, umschlang mich mit beiden Armen und presste mich an sich. Ich fühlte mich wie in einem Schraubstock und schrie um Hilfe, doch er hielt mir mit fester Hand den Mund zu. In höchster Not biss ich kräftig hinein. Der Mann schrie auf und zog seine Hand zurück. Blitzschnell drehte ich mich aus der Umklammerung und stieß mein Knie in seinen Unterleib. Er jaulte auf und krümmte sich zusammen, wobei er seine Hände zwischen die Beine drückte. Ich wollte weglaufen, sah aber wie gelähmt zu, wie er jammerte und stöhnte. Erst, als er sich halb aufrichtete und sich außer sich vor Wut auf mich stürzen wollte, wachte ich aus meiner Starre auf, trat mit meinem Stiefel an sein Bein und stieß den Mann mit Wucht gegen die Bank, wo er mit seinem Kopf aufschlug und liegen blieb.

„Hilfe!", schrie ich.

Aber es kam nur ein Flüstern aus meinem Mund. Ich rannte so schnell ich konnte davon. Erst an meiner Haustür schaute ich mich um, ob mir der Mann gefolgt war. Doch es war niemand zu sehen. Es dauerte, bevor meine zitternden Hände das Schlüsselloch fanden. Völlig außer Atem schloss ich von innen zweimal zu, auch meine Wohnung. Die Stubentür hatte keinen Schlüssel, sonst hätte ich auch diese zugesperrt. Erschöpft sank ich aufs Sofa und landete auf meiner Nachbarin, die erschrocken aufsprang.

„Was ist los?"

„Entschuldige!", keuchte ich. „Ich habe … ich bin … nur so gerannt."

Misstrauisch beäugte sie mich und fragte, ob sie endlich gehen darf. Ich nickte und zeigte auf die Tür. Im Flur hörte ich das Türschloss und lief, um noch einmal doppelt zuzusperren.

Nora schlief. Am liebsten wäre ich zu ihr ins Kinderbettchen gekrochen, weil ich am ganzen Körper zitterte und dringend Trost brauchte. Meine Hände flogen so stark, dass ich mich nicht abschminken konnte. Ich duschte lange sehr heiß, bis meine Haut dampfte und schrumpelig wurde. Trotzdem zitterte ich weiter, als wäre ich in eiskaltes Wasser gesprungen.

Was hatte ich getan? Hatte ich den Mann umgebracht? Doch nicht mit Absicht. Ich hatte mich nur gewehrt! So schnell stirbt man nicht. Oder doch? Trotzdem hätte ich nachschauen müssen, ob er verletzt ist. Doch dann hätte er mich wieder packen können. Ich überlegte, ob ich den Krankenwagen rufen soll. Oder die Polizei. Doch dann würden sie in meine Wohnung kommen und viele Fragen stellen. Damit wäre niemandem geholfen. Ich redete mir ein, dass es dazu inzwischen zu spät ist. Der Mann war betrunken und könnte sich selbst bei seinem Sturz verletzt haben. Dann traf mich keine Schuld.

Ich ließ das Licht brennen und kroch unter meine Bettdecke. Aber ich fand keine Ruhe, weil ich stets das Bild vor mir sah, wie der Mann mit dem Kopf aufschlug und es dabei knackte. Kam das Knacken von der Bank oder von seinem Kopf? Sicher ist der Mann tot! Ich weinte und wusste nicht, ob um den Mann oder um mich oder vor lauter Angst.

An Schlaf war nicht zu denken. Ich kramte mein Handy aus der Tasche und gab hektisch *Mord* ein. Mord ist, wenn man absichtlich einen Menschen tötet. Doch das hatte ich nicht getan. Auch Totschlag geschieht vorsätzlich, was ebenfalls nicht auf mich zutraf. Schließlich las ich Körperverletzung mit Todesfolge. Dabei verletzt man absichtlich, will aber keinesfalls töten. Trotzdem wird man zu einer Freiheitsstrafe von drei bis zehn Jahren verurteilt. Mir brach der Schweiß aus, obwohl ich immer noch zitterte, als wäre mir entsetzlich kalt. Vielleicht wurde ich beobachtet und bis vor meine Tür verfolgt? Vielleicht hat jemand die Polizei gerufen? Ich wusste es nicht, weil ich mich in meiner Panik kein einziges Mal umgedreht hatte.

Ich löschte das Licht, lief zum Fenster und spähte vorsichtig durch die Vorhänge. Es war keine Polizei zu sehen. Aber sie würde kommen und mich verhaften, wenn der Mann verletzt oder gar tot ist. Was wird dann aus meiner kleinen Nora? Und ich war schwanger! Sperrt man auch Schwangere ein? Panisch packte ich eine Tasche. Aber wo sollte ich hin? Wer hilft einer Mörderin? Mir fiel nur Olli ein. Doch sie wohnte mit ihrem Kind in einem Wohnheim für Angestellte und konnte mich und Nora unmöglich aufnehmen.

Mir ging so viel durch den Kopf und nichts davon beruhigte mich. Erst, als es hell wurde und Nora sich an mich drückte, verging langsam die Angst und ich war in der Lage, nachzudenken. Ich durchsuchte mein Handy nach Nachrichten, ob ein Toter gefunden wurde. Aber ich fand nichts.

Trotzdem war mir klar, dass ich hier nicht bleiben konnte. Ich musste weg und zwar sofort. Ich konnte nicht mehr in die Bar zurück und nie wieder in der Nacht draußen sein. Nie wieder!

Mich hielt ohnehin nichts mehr in München. Navid wollte eine andere Frau heiraten und ich blieb wieder allein. Und dieses Alleinsein war tausendfach schlimmer als jedes Alleinsein zuvor.

Chemnitz

Ich schüttete Haferflocken in eine Schüssel, goss Milch darüber und schnitt eine Banane hinein. Für Nora. Mir war nicht nach einem Frühstück zumute, mir war übel.

Ich tippte *günstig wohnen in Deutschland* in mein Handy und las: *In der Region Chemnitz sind die Mieten bundesweit am niedrigsten.* Sofort klickte ich auf die Karte, um zu schauen, wo Chemnitz liegt. Vierhundert Kilometer nördlich von München in Sachsen. Mit 250.000 Elnwohnern war die Stadt nicht so groß wie München, aber viel größer als Garching. Dort würde mich niemand vermuten und schon gar nicht finden.

Die Beschreibungen gefielen mir alle und nicht nur, weil ich quasi auf der Flucht war. Zum Beispiel ist der Ausländeranteil prozentual gesehen nur halb so hoch wie in München. Zwar hatte ich nichts gegen Ausländer, doch es gab immer mehr Überfälle und Messerstechereien, an denen meist Ausländer beteiligt waren. Da war es gut, dass ich hier ganz schnell wegkam.

Ohne Probleme konnte ich online eine richtig gute Wohnung von fast siebzig Quadratmeter finden mit Einbauküche, Balkon und Bad mit Fenster. Sie kostete nur 360 € Kaltmiete. Für so wenig Geld hätte ich in München nicht einmal ein winziges Zimmer in einer WG bekommen. Außerdem gab es ein Kita-Portal, wo ich in direkter Umgebung der Wohnung bei fünf Kindergärten nach einem Platz für Nora anfragen konnte. Auch das Bürgergeld beantragte ich online.

Die Zusage für die Wohnung erhielt ich innerhalb von zwei Tagen und musste nicht einmal Kaution bezahlen, auch nicht wie in München drei Kaltmieten im voraus. Deshalb verliebte ich mich sofort in diese Stadt, obwohl ich sie noch gar nicht kannte.

Das nächste Problem war der Umzug. Ich hatte nicht viele Möbel und noch weniger Geld, um alles in München zu lassen und mich in Chemnitz neu einzurichten. Außerdem besaß ich weder einen Führerschein noch ein Auto und war schockiert über die hohen Kosten für einen professionellen Umzug. Mir fiel wieder nur Olli ein.

„Du haust immer nur ab! Nie suchst du nach einer Lösung."

„Aber das *ist* die Lösung. Die einzig mögliche."

Ich hatte ihr nichts von dem Mann erzählt, den ich vielleicht getötet hatte, weil ich die Worte nicht über meine Lippen brachte. Die Angst vor vielen Jahren Gefängnis saß mir tief in allen Gliedern.

„Du bist schwanger! Was willst du in der Fremde mit zwei kleinen Kindern?"

„Das weiß ich nicht, aber es wird sich finden."

Zu meiner Familie konnte ich nicht. Vater hatte ich zehn Jahre nicht mehr gesehen, auch die beiden Schwestern meiner Mutter nicht. Ich wusste nicht einmal, wo sie wohnten. Meine Handynummer war zwar all die Jahre die gleiche geblieben, doch Vater rief niemals an. Nur Tante Betti meldete sich hin und wieder.

Sie sagte jedes Mal: „Ich wollte dich schon lange anrufen. Aber immer kam etwas dazwischen."

Ich hatte oft große Sehnsucht nach ihr, vor allem, wenn es mir so schlecht ging wie damals, als mich Robert verließ und ich in meiner Verzweiflung nicht wusste, was ich machen und wohin ich gehen soll.

Doch sie sagte nicht: „Komm her zu mir! Wir finden eine Lösung."

Sie sagte nur, dass es ihr leid tut.

Von Navid und der Trennung von ihm konnte ich ihr nichts erzählen, weil es keine Telefonverbindung gab. Vermutlich war sie wieder in einer Klinik und durfte dort kein Handy benutzen. Sie war oft in einer Klinik, jedes Jahr mehrere Wochen. Meist wies sie sich selbst ein. Dabei war Betti nicht verrückt, sondern nur zu lieb für diese Welt. Ich mochte sie schon immer sehr, lieber als meinen Vater und fühle mich ihr verbunden, auch wenn wir uns lange nicht sahen.

Mir blieb nur noch Tante Toni, die ich nicht mochte und die mich nicht mochte. Trotzdem nahm ich all meinen Mut zusammen, rief sie an und bat sie um Hilfe. Sie schimpfte zwar, was ich mir einbilde, sie nach all den Jahren zu belästigen. Ich sei erwachsen und für mich selbst verantwortlich. Doch aus irgend einem Grund versprach sie, dass mir Ferdl und Schorsch beim Umzug helfen.

Schon am folgenden Wochenende packten Ferdl und Schorsch meine wenigen Möbel in einen Transporter und fuhren uns nach Chemnitz. Die Miete für das Fahrzeug und den Sprit übernahm Tante Toni. Das fand ich schwer in Ordnung.

Eigentlich durfte man nur zu dritt in der Fahrerkabine sitzen, doch Nora war noch klein und zählte nicht. Ich hatte Leberkässemmeln mit Gewürzgurken und Zwiebelringen eingepackt, auch kalte Schnitzel und heißen Kaffee in einer Thermoskanne. Denn Männer, die schwer arbeiten, brauchen kräftige Mahlzeiten.

*****

Ich mochte meine Cousins, besonders Ferdl. Er war so alt wie ich und eine Art Seelenverwandter. Als Kinder spielten wir viel zusammen. Wir fühlten uns wie Geschwister. Doch als Schorsch geboren wurde, kam er nie mehr zu uns, weil Tante Toni es verboten hatte. Warum das so war, sagte mir niemand. Schorsch lernte ich damals gar nicht kennen.

Nachdem Mutter gestorben war, wollte mich Tante Toni zu sich nehmen.

„Ein Kind braucht seine Ordnung", sagte sie.

Doch Vater war dagegen. Das war mir nur recht, denn ich mochte Toni nicht, weil sie so streng und herrisch war. Betti dagegen liebte ich heiß und innig, doch sie sagte, sie könne mich nicht aufnehmen, weil ihre Wohnung zu klein ist. Das hätte mich nicht gestört, denn ich brauchte nicht viel Platz, nur jemanden, der sich um mich sorgte. Betti sorgte sich, doch manchmal vergaß sie ganz einfache Dinge wie das Essen oder eine warme Jacke, wenn es draußen kalt war oder sie lief barfuß durch die Stadt.

„Du hältst dich von ihr fern!", tobte Vater und meinte damit nicht Toni, sondern Betti.

Toni behauptete, man müsse auf Betti aufpassen wie auf ein kleines Kind. Doch Toni passte nicht auf ihre Schwester auf, ganz im Gegenteil. Sie ließ sie nicht in ihr Haus, damit Ferdl und Schorsch nicht so verrückt werden wie Betti.

Ich fand Betti normal, normaler jedenfalls als Toni. Sie zeigte mir deutlich, wie lieb sie mich hatte. Bei ihr hätte ich sehr gern gewohnt.

*****

Die Wohnung in Chemnitz ist genauso schön wie auf den Fotos im Internet. Vom Balkon aus schaue ich ins Grüne, der Kindergarten und zwei Supermärkte sind keine fünf Fußminuten entfernt. Alles ist übersichtlich und praktisch und gefällt mir ausgesprochen gut. Auch die Menschen mag ich. Ich verstehe sie viel besser als befürchtet. Es heißt zwar, Sächsisch klingt gruselig, dabei klingt diese Sprache eher gemütlich und nicht so hart wie das Bayerische. Auch die Leute sind gemütlich, verbreiten keine Hektik und haben immer Zeit für einen Schwatz.

Weil mein bayerischer Dialekt auffällt, werde ich oft gefragt, woher ich komme, was ich mache und ob es mir in Chemnitz gefällt. Anfangs empfand ich die Fragen als aufdringlich und antwortete nur kurz angebunden. Doch mit der Zeit erkannte ich ehrliches Interesse. Trotzdem wollte ich niemandem erzählen, dass ich nie verheiratet war. Mir war es furchtbar peinlich, dass mich beide Männer verließen, als ich schwanger wurde.

Ende Februar wurde meine Tochter geboren. Statt Anahita nannte ich sie Anni, weil der Name hübsch klingt und in Sachsen recht gebräuchlich ist. Da Navid die Bedeutung des Namens so wichtig war, forschte ich nach und erfuhr, dass Anni die Anmutige bedeutet. Das gefällt mir, obwohl er nicht wirklich zu meiner lauten und heftig fordernden Tochter passt, aber wie die Koseform von Anahita klingt. Anni sieht mit ihren dunklen Augen und braunen Locken weder mir noch ihrer Schwester ähnlich. Nora ist blond, hat blaue Augen und ist ein stilles und nachdenkliches Mädchen. Anni dagegen wirft sich strampelnd auf den Boden und schreit so lange, bis ich nachgebe und sie auf den Arm nehme oder ihr einen Keks gebe. Andererseits lacht sie sehr viel, weshalb ich ihr niemals böse sein kann.

Wenn mich jemand auf den deutlichen Unterschied zwischen meinen Töchtern anspricht, antworte ich, dass nichts auf der Welt so verschieden ist wie Geschwister. Ich sage immer, Nora geriet nach mir und Anni nach ihrem Vater. Das stimmt zwar, doch ich will nicht, dass jemand weiß, dass meine Mädchen verschiedene Väter haben.

Ich habe mir eine Geschichte ausgedacht, die keiner so leicht nachprüfen kann, die Mitgefühl fordert und mich in Ruhe mein Leben leben lässt.

Kirgisien

Alles fing damit an, dass eine Nachbarin wissen wollte, wer der Vater der Kinder ist und warum ich allein lebe. Sofort fiel mir ein Buch ein, das ich bei der Familie in Grafing gelesen hatte. Es handelte von einer Familie in Kirgistan. Ich glaubte, Kirgisien ist ein Land, das keiner kennt. Leider wusste ich nicht, dass Chemnitz enge Beziehungen zu ehemaligen Staaten der Sowjetunion pflegt und es für die Leute normal ist, dass Russen und Kasachen in ihrer Stadt leben. Ich bat die Frau, meine Vergangenheit für sich zu behalten, da die Umstände für mein Hiersein geheim sind. Ich war mir sicher, dass sie trotzdem alles weitererzählt und ich daraufhin in Ruhe gelassen werde.

Ich behauptete, einige Jahre in Russland gelebt zu haben, genauer gesagt in Kirgisien. Zuvor sei ich ein gefeierter IT-Projektmanager in einer großen Stuttgarter Firma gewesen, über die ich nicht sprechen darf. Meine Arbeit musste ich aufgeben, weil mein Mann nach Bischkek in Kirgistan beordert wurde und ich ihn begleiten musste. Nora wurde in Bischkek geboren und ist laut der dortigen Gesetze Kirgisin. Eigentlich. Doch die deutsche Auslandsvertretung half uns und schrieb die Papiere um. Mein Mann sei in der Fremde unter seltsamen Umständen tödlich verunglückt. Näheres habe ich nie erfahren. Ich musste sofort mit Nora das Land verlassen, erhielt meinen Mädchennamen zurück und lebe seitdem in Chemnitz, wo mein zweites Kind geboren wurde, das seinen Vater nie kennenlernte. „Bischkek! Das ist eine Partnerstadt von Chemnitz", rief die Frau aus, während ich verzweifelt versuchte zu lächeln. „Leider ist seit vier Jahren Kirgisien keine Demokratie mehr." Sie streichelte mitfühlend meinen Arm. „Armes Kind. Es leben nicht einmal mehr 10.000 Deutsche dort. Auch Familie Krause wurde ausgewiesen. Sie wohnen im Nachbaraufgang im vierten Stock. Besuchen Sie sie doch mal! Sie wird sich freuen."

Mich hätte fast der Schlag getroffen vor Schreck, weshalb meine betroffene Miene echt war. Ich bebeilte mich, noch einmal zu betonen, dass ich mit niemandem darüber reden darf und sie unbedingt meine Geschichte für sich behalten muss.

Das stimmt zwar alles nicht, doch ich wollte, dass die Nachbarin diese Geschichte weitererzählt, damit ich in Ruhe gelassen werde und zwar ein für alle Mal. Es hat funktioniert. Jeder ist freundlich zu mir und hält mich für ein Opfer, dem man helfen muss. Und keiner spricht mich auf meine Vergangenheit an. Auch diese Frau Krause nicht.

Natürlich kennt auch diese Geschichte. Wenn er mich nach meiner Zeit in Kirgisien fragt, schwärme ich von der Landschaft mit ihren Wäldern, Bergen,

Steppen, Gletschern und Seen in über zweitausend Meter Höhe, obwohl ich noch nie dort war. Ich hoffe inständig, dass sich kein weiterer Nachbar in Kirgistan auskennt und am Ende der ganze Schwindel auffliegt.

Bei Lukas besteht diese Gefahr nicht, denn er interessiert sich nicht für fremde Länder, sondern nur für das Meer und den Strand. Bisher war er schon in Spanien und Bulgarien gewesen und plant im nächsten Jahr eine Reise nach Ägypten. Ich soll ihn begleiten, doch dazu habe ich überhaupt keine Lust, schon gar nicht mit kleinen Kindern. Es ist dort viel zu heiß und die Wüste noch gruseliger als das Meer. Eine Nachbarin holte sich im letzten Jahr eine Magen-Darm-Infektion, obwohl sie sich brav die ganze Reihe der vorgeschriebenen Impfungen in ihren Körper spritzen ließ. Das mute ich weder mir noch meinen Kindern zu, schon gar nicht für eine Urlaubsreise. Außerdem wird im Internet vor terroristischen Anschlägen auf Ausländer gewarnt. Von mir aus kann Lukas gern solch ein Risiko auf sich nehmen. Ich bleibe lieber daheim, besuche mit den Kindern Spielplätze und die kleinen Schwimmbäder in Flöha und Falkenau.

„Liegt Kirgisien am Meer?", stellt Lukas die für ihn wichtigste Frage.

„Nein. Das Meer ist weiter entfernt als in jedem anderen Land auf der Welt. Das hat mir sofort gefallen."

Das hatte ich recherchiert und verhindert, dass Lukas auf die absurde Idee kommt, mit mir genau in dieses Land zu reisen, um meine Vergangenheit aufzuarbeiten.

„Ich würde es in keinem Land aushalten, in dem es keinen Zugang zum Meer gibt. Wir haben hier die Ostsee und auch die Nordsee."

„Das Meer brauche ich nicht, weil ich es nicht mag."

Lukas schüttelt ungläubig seinen Kopf.

„Wie und warum bist du ausgerechnet nach Chemnitz gekommen?"

„Das wurde so festgelegt."

„Von wem?"

„Keine Ahnung."

Ich sage absichtlich, dass ich das nicht weiß, damit er nicht weiter fragt. Dass mich meine beiden Cousins mitsamt meiner alten Möbel von München nach Chemnitz fuhren, verriet ich Lukas natürlich nicht.

„Bekommst du wenigstens eine satte Entschädigung?"

„Wofür?"

„Das fragst du noch? Zumindest steht dir Witwenrente zu."

„Das stimmt. Doch wen soll ich fragen? In meinen Papieren wird die Heirat mit Stefan nicht erwähnt und bei den Geburtsurkunden der Mädchen steht *Vater unbekannt.*"

„Das ist Betrug."

Ich winke mit der Hand ab und murmle: „Und wenn schon."

„Hat man dich als Ungläubige in einem islamischen Land geduldet oder hattest du Ärger?"

„Niemanden hat mein Glaube interessiert. Ich lebte dort wie alle anderen auch."

„Sind nicht fast alle Menschen dort Muslime?"

Das mag sein, aber das weiß ich nicht sicher, weil ich mich mit Religionen nicht auskenne. Ich zucke nur nichts sagend mit der Schulter.

„Musstest du ein Kopftuch tragen?"

„Aber nein. Es gab keinen Kopftuchzwang. Ich trug trotzdem eins, weil sie wunderhübsch bunt sind."

„Bunt? Nicht schwarz?"

„Bunt."

„Und dein Mann?"

Ich habe keine Ahnung, was Männer in Kirgistan tragen.

„In der Stadt sehen sie nicht anders aus als hier", behaupte ich. „Nur auf dem Land bevorzugen sie ihre Trachten. Aber ich war nie bei den Nomaden."

„Was habt ihr gegessen?"

„Das gleiche wie hier."

Überrascht schaut mich Lukas an. Hatte ich etwas Falsches gesagt? Dabei informierte ich mich ausführlich im Internet und lernte alles auswendig.

„Mir fällt eine ungewöhnliche Geschichte ein. Da war ein Zahnarzt, der fuhr mit seinem Behandlungsstuhl über Land in einsame Gegenden. Dort behandelte er in Schulen Kinder und draußen auf dem Feld die Einheimischen, die von überall her kamen auf ihren Pferden und Mopeds."

Ich strahle Lukas an, weil mir die Geschichte so gut gefällt. Er denkt eine Weile nach.

„Ich erinnere mich an eine Dokumentation über einen Zahnarzt in Bhutan, der mit seinem Stuhl die Menschen fernab von den Städten besuchte."

Kann es möglich sein, dass Lukas recht hat und wir gemeinsam solch einen Filmbericht sahen?

„Wirklich?", frage ich und denke angestrengt nach, was ich jetzt sagen kann. „Das finde ich richtig gut, dass es solche lustig reisenden Zahnärzte auch in anderen Ländern gibt."

Ich muss vorsichtiger sein, mahne ich mich selbst. Mir steht das Bild von diesem Zahnarzt und seinem Gehilfen noch deutlich vor Augen, weshalb ich den Bericht tatsächlich im TV gesehen haben könnte. Weil es nichts mehr zu sagen gibt, lächle ich Lukas an. Er holt sein Handy hervor und zeigt mir, dass zwischen Bhutan und Kirgisien das riesige Land China liegt.

„Siehst du, die Leute sind nicht so verschieden, die in den Bergen rund um China leben. Sie ähneln sich sogar", behaupte ich und rede schnell weiter. „In Bischkek leben viele Deutsche. Man kann alles kaufen. Die Einheimischen mögen vor allem Hammelfleisch mit Reis oder Fladen. Ich nicht."

„Wurdest du als Frau nicht unterdrückt?"

„Wie kommst du darauf? Im Islam sind die Frauen genauso gleichberechtigt wie hier und finanziell unabhängig von ihren Männern."

„Machst du Witze?"

„Hör mal! War ich dort oder du?", frage ich empört.

„Ich wäre sehr gern dort geblieben. Leider musste ich weg. Das weißt du doch! Aber du weißt offenbar nicht, wie weh du mir tust mit deinen Fragen."

Endlich gibt Lukas Ruhe. Doch spätestens morgen wird er wieder fragen.

Lukas

Lukas hat fuchsrote lange Haare, die er mit einem Gummi zu einem Schwanz zusammenbindet und über den Rücken hängen lässt. Das sieht zwar nicht besonders gut aus, aber immerhin erheblich besser als ein Dutt am Hinterkopf. Den finde ich schrecklich albern. Attraktiver und männlicher wirkt auf jeden Fall ein Kurzhaarschnitt.

Seine Augen sind wasserblau, Wimpern und Brauen weiß, ebenso seine Haut. Als hätte sein Körper für die roten Haare die ganze Farbe verbraucht. Er ist kräftig gebaut und etwas kleiner als ich.

Ich hielt ihn für den Vater eines der Kinder im Kindergarten und war entsetzt, dass er als Erzieher auf meine kleine Nora aufpasst. Männer kann ich

mir nur als Lehrer für große Schulkinder in natur-
wissenschaftlichen Fächern vorstellen und noch
besser natürlich als Handwerker.

Mir gefiel Lukas überhaupt nicht, als ich ihn zum
ersten Mal sah. Ich schaute sogar angesäuert weg.
„Ich weiß, dass ich auffalle", sagte er und blinzelte
mir frech zu. „Das finde ich genial gut."
Selbstbewusstsein fehlt ihm nicht, dachte ich und
lächelte etwas gequält. Dann drehte ich mich peinlich berührt weg, doch mein verlegenes Lächeln
hat er als Sympathie missverstanden. Als er erfuhr,
dass ich alleinerziehend bin, wich er mir nicht mehr
von der Seite und bot mir irgendwelche Hilfe an,
was ich furchtbar aufdringlich fand. Ich brauche
keine Hilfe. Ich komme wunderbar allein zurecht.

Doch irgendwann rührte mich sein Eifer. Außerdem
war er stets zu Scherzen aufgelegt und brachte
mich und die Mädchen zum Lachen.

„Das ist Lukas", erklärte Nora.
„Das heißt Herr ...", fragend schaute ich den Mann
an.
„Lukas. Einfach Lukas. Hier duzen wir uns."
„Auch die Kinder die Erwachsenen?", fragte ich un-
gläubig.
„Klar doch!"
Mir gefiel das nicht. Noch weniger gefiel mir, als
Nora verkündete, sie habe Lukas zu ihrem Ge-
burtstag eingeladen. Sie sollte zwei Kinder aus

ihrer Gruppe einladen und keinen erwachsenen Mann. Doch sie blieb dabei, nur Lukas sollte kommen. Am Ende gab ich nach.

Es war ein lustiger Nachmittag. Nichts an Lukas erinnert an Robert und schon gar nicht an Navid, weder äußerlich noch von seiner Art. Das machte mich unvorsichtig und meine Abwehr verschwand. Wir wurden schnell ein Paar und Lukas zog zu mir, weil somit für mich und die Mädchen alles wie gewohnt bleiben konnte.

Eigentlich wollte er sich sofort ummelden. Doch seit Corona kann man nicht mehr unangemeldet in ein Amt spazieren, um seine Adresse im Ausweis ändern zu lassen. Man muss sich online oder telefonisch einen Termin geben lassen. Leider war der nächste freie Termin erst drei Monate später. Mit Service für den Bürger hat das nichts mehr zu tun, aber für uns war das gut. Denn Lukas hatte herausgefunden, dass bei einer Bedarfsgemeinschaft sein Lehrgeld angerechnet, mein Bürgergeld gekürzt oder ganz gestrichen und die Miete nicht mehr übernommen wird. Deshalb stornierte er den Meldetermin und blieb offiziell bei seinem Freund wohnen.

Lukas ist ein Kümmerer, immer besorgt um mich und die Mädchen. Das tat mir sehr gut am Anfang. Doch jetzt geht mir sein Eifer auf die Nerven. Er redet viel, nahezu pausenlos. Ich kenne keinen Mann, der so viel redet wie Lukas. Männer sind normalerweise schweigsam, beantworten ungern Fragen und lehnen Gespräche über Gefühle und Probleme in der Beziehung ab. Lukas nicht. Er muss alles ganz genau und ausführlich besprechen und ausdiskutieren. Er plappert sogar völlig fremde Leute an, grüßt sie, macht Bemerkungen über ihren Hund oder das Wetter oder winkt allen Kindern zu. Das würde mir niemals einfallen. Auch nicht, gegen einen Ball zu treten, der mir vor die Füße rollt.

*****

Überhaupt ist Lukas seltsam. Wenn ich in der Küche stehe und koche, fragt er, was er helfen kann. Das hätte mein Vater nie gefragt und auch sonst niemand, den ich kenne. Ich finde zwar seinen Eifer rührend, doch ohne seine „Hilfe" bin ich erheblich schneller fertig. Wenn ich ihm sage, er soll mir zwei Zwiebeln, Knoblauch, eine Möhre, Bratbutter und Sahne geben, schaut er mich nur hilflos an, weil er nicht weiß, wo er all diese Sachen findet. Merken kann er sich ohnehin nur ein einziges Teil. Meist lasse ich ihn Kartoffeln schälen. Er fühlt sich dabei nützlich. Allerdings ist er furchtbar gründlich und so lange damit beschäftigt, dass ich am Ende mitschälen muss, weil er anfängt, lustige Gesichter zu schnitzen.

„Mit Lebensmitteln spielt man nicht!", ermahne ich

ihn fast jeden Tag.

Auf jeden Fall braucht er klare Ansagen, sonst vergisst er, was er tun sollte.

Wir gehen immer gemeinsam zu Bett, obwohl ich am Abend gern meine Ruhe hätte und ganz allein in der Stube sitzenbleiben möchte. Doch das duldet er nicht.

„Geh ins Bad!", fordert er. „Ich will dann ins Bett."

„Geh du zuerst! Dann bist du schneller im Bett. Du weißt ja, dass ich lange brauche."

„Nein, ich möchte dir den Vortritt lassen."

Was kann ich darauf sagen? Nichts! Weil er immer höflich sein und auf mich Rücksicht nehmen will. Ich füge mich, gehe ins Bad und danach ins Bett.

Erst dann benutzt Lukas das Bad.

„Die Dose ist noch offen", berichtet er, als er ins Schlafzimmer kommt.

„Welche Dose?"

„Deine Cremedose. Brauchst du sie noch?"

Da ich bereits im Bett liege, ist diese Frage Unsinn. Trotzdem erwartet er eine Antwort.

„Nein, ich brauche die Creme nicht mehr."

„Soll ich sie zuschrauben und wegräumen?"

Meine Güte! Sie stört doch nicht.

Trotzdem antworte ich so freundlich wie möglich: „Ja bitte, sei so gut!"

„Gehört sie in den Schrank oder auf die Ablage?"

Für den Schrank würde er noch ein Dutzend weitere Fragen stellen, ob ich die linke oder rechte Tür meine und welches Fach. Ich darf auch nicht aufstehen und selbst die Cremedose wegräumen. Das würde ihn kränken, weil er doch so gern helfen möchte.

„Stelle sie bitte gleich auf die Ablage!"

Fast hätte ich noch hinzugefügt: „Da, wo sie immer steht." Aber da hätte er mich gefragt, ob ich ihm böse bin und was er falsch gemacht hat. Also sage ich nur: „Vielen Dank!"

„Gern, Liebes. Hoffentlich steht die Schachtel am richtigen Platz. Sei mir bitte nicht böse, falls nicht."

Ständig will Lukas wissen, woran ich gerade denke und was ich am Tag gemacht habe. Dabei mache ich gar nichts, denn er bringt die Mädchen in den Kindergarten und geht einkaufen. Ich erledige nur die Wäsche und den Haushalt. Was gibt es darüber zu sagen? Nichts. Außerdem will Lukas alles über meine Vergangenheit wissen. Er stellt Fragen, die mich noch niemand fragte, nicht einmal das Sozialamt.

Robert und Navid teilten mir mit, wann und wo wir uns treffen und was wir machen. Lukas dagegen fragt, ob ich einen bestimmten Wunsch habe, ob ich lieber auf den Spielplatz oder in den Wald gehen mag. Er fragt sogar, welchen Pulli er anziehen soll und was er mir aus dem Supermarkt mitbringen darf. Kann er das nicht selbst entscheiden?

Lukas zog recht schnell zu uns, obwohl ich ihn nicht eingeladen hatte. Ich dachte, er flieht aus seiner Bude am anderen Ende der Stadt und will sich bei mir einfach ins gemachte Nest legen. Aber er erklärte mir, für meine Mädchen und mich wäre es von großem Vorteil, ihn bei uns zu haben. Wir bleiben im gewohnten Umfeld und er wird uns jederzeit unterstützen und beschützen. Mit welchem Argument hätte ich ihm das ausreden können?

Ich habe sofort gemerkt, wie angenehm es ist, einen Mann im Haus zu haben, der liebend gern jede Arbeit übernimmt. Lukas kommt pünktlich wie ein Uhrwerk 16 Uhr nach Hause. Das gefällt mir. Auch unsere Mahlzeiten finden zu festen Zeiten statt, weil ich weiß, dass Regelmäßigkeit für die Gesundheit wichtig ist, besonders für Kinder. Lukas sieht das anders. Er meint, jeder soll nur dann essen, wenn er Hunger hat. Doch das zerreißt den ganzen Tag und bringt den Ablauf durcheinander.

„Willst du schon wieder backen?", fragt Lukas.

„Ja. Ich habe einen Sauerteig für Brot angesetzt."

„Warum tust du dir das an? Schmeckt dir das Brot von Aldi nicht, das ich mitbringe?"

„Doch. Aber wenn ich selbst backe, weiß ich, was drin ist."

Natürlich muss ich ihn nicht fragen, ob und wann ich backen darf. Aber wir leben zusammen und sollten auch die kleinen Dinge des Alltags zusammen entscheiden.

„Was soll schon im Brot drin sein? Mehl und Eier."

Eier gehören nicht in den Brotteig, aber ich sage nichts, weil ich keine Lust auf Diskussionen habe. Sein neues Lieblingsthema ist die Nachhaltigkeit. Darüber kann er pausenlos reden, während mich dieser Unsinn überhaupt nicht interessiert. Strom für den Backofen sei teuer und nicht gut für die Umwelt. Doch ohne Strom funktioniert das Backen nun mal nicht.

„Sag schon!"

„Ich mag kein Industriemehl."

Lukas isst am liebsten Bio-Haferbrot. Es schmeckt gut, doch es ist monatelang haltbar, weshalb ich der Qualität nicht traue. Was wird dem Teig beigemischt, weshalb das Brot so lange haltbar ist? Mehl scheint es nicht zu enthalten, nur Körner, die lose aneinander hängen.

„Na und? Dein Mehl ist auch nicht anders."

„Mag sein."

Trotzdem schreibe ich immer Biomehl von Alnatura auf den Einkaufszettel.

„Magst du das Aldi-Brot lieber als das, was ich backe?", frage ich.

Lukas zuckt mit der Schulter und behauptet, es gäbe keinen Unterschied im Geschmack, was mich kränkt.

„Du übertreibst!", kritisiert Lukas. „Mit allem übertreibst du. Backen muss man heutzutage wirklich nicht mehr selbst." Er blinzelt mir zu. „Soll ich uns Pizza bestellen?"

Lukas will also die Pizza nicht für sich, sondern für mich, um mir Arbeit zu ersparen. Dabei kann ich eine Pizza leicht selbst backen. Das sehe ich nicht als Arbeit, denn ich koche und backe ausgesprochen gern. Doch Lukas weiß nicht, dass ich das Kochen als Hauswirtschafterin gelernt habe.

Er glaubt, ich sei Experte für Informationstechnik. Als ich seinen Computer einrichten sollte, fürchtete ich schon, dass meine Lüge auffliegt. Doch ich erklärte ihm, dass ich nur Daten für ein spezielles Verwaltungsprogramm der Firma bearbeitete und deshalb keine Ahnung von Computertechnik und Handys habe. Das klang hoffentlich einleuchtend. Einen eigenen Computer brauche ich nicht. Mir reicht mein Handy.

„Ich kann uns auch schnell eine Pizza vom Netto holen", bietet Lukas an. „Kinder mögen Pizza."

„Ich weiß."

Ich antworte so kurz wie möglich, weil Lukas meine Sätze zerlegt und jedes einzelne Wort hinterfragt. Das ist anstrengend. Mir schmecken die fertigen Pizzas nicht und haben außerdem viel zu viele Zusatzstoffe.

„Wenn du willst, können wir wie immer Schnitten essen."

So nennt er die Brotzeit. Brot mit Butter, Wurst und Käse, dazu saure Gurken.

„Auch gut."

So läuft das immer. Nie weiß ich, was er wirklich will, weil er alles so formuliert, als will er mir einen Gefallen tun und nie etwas für sich. Dabei bin ich sicher, dass er Appetit auf Pizza hat. Sonst würde er es nicht vorschlagen.

„Bei *Hallo Pizza* bestellen die meisten Leute."

Ich seufze, denn ich übersetze innerlich, dass er nun doch eine Pizza will. Also gebe ich *Hallo Pizza* ins Handy ein und erfahre, dass es die Firma seit 2017 nicht mehr gibt.

„Das kann nicht sein, denn ich sehe oft Kartons mit deren Aufschrift im Papiermüll und die Hallo-Pizza-Autos herumfahren. Außerdem haben sie eine Bestellseite."

„Wirklich? Bist du auf deren Seite?", frage ich.

„Seit einer halben Stunde."

Also wollte er längst Pizza bestellen.

„Wunderbar! Dann kannst du gleich für uns auswählen."

Er schaut und schaut und murmelt und fragt, ob ich lieber Schinken oder Thunfisch oder Käse will. Das dauert mir zu lange. Ich öffne selbst die Seite und bestelle drei verschiedene Pizzas. Sofort erhalte ich die Bestätigung für eine Lieferung um 18 Uhr.

Um 18:15 Uhr schaue ich aus dem Fenster und sehe, dass ein Pizzaauto vorbei fährt. War das eins von Hallo-Pizza? In Chemnitz gibt es mindestens zehn Pizza-Lieferdienste.

18:30 Uhr. Die Kinder quengeln und ich rufe noch einmal die Hallo-Seite auf, um mich zu vergewissern, dass ich das richtige Datum angab. Ich wähle die angegebene Telefonnummer, um zu fragen, ob es ein Problem gibt.

„Diese Nummer ist nicht vergeben", meldet eine Automatenstimme.

Auch beim zweiten und dritten Versuch erhalte ich die gleiche Nachricht. Das finde ich jetzt seltsam. Bin ich einer Betrugsseite auf den Leim gegangen? Zum Glück vereinbarte ich Barzahlung und nicht per Kreditkarte. Verärgert und enttäuscht bitte ich Lukas, den Mädchen Cornflakes in Milch einzurühren, während ich für uns Brot mit Schinken und Spiegelei in einer Pfanne röste.

Anni schiebt ihren Teller beiseite, klopft mit beiden Händen auf den Tisch und schreit: „Käsewiener. Ich will Käsewiener!"

Wo hat sie das nur her? Bei uns gab es noch nie Käsewiener. Ich will entweder Käse *oder* Wurst, aber keinen Käse *in* der Wurst.

„Wurst ist nicht gesund für kleine Mädchen", behauptet Lukas.

Was sollen diese albernen Erklärungen? Bei uns gibt es keine Käsewiener und damit basta.

„Iss deine Cornflakes!", befehle ich streng. „Etwas anderes gibt es nicht."

Anni schaut erst mich an und dann Lukas. Dabei verzieht sie ihren Mund, als ob sie weinen will.

Sofort tröstet Lukas: „Das ist wirklich traurig, dass die Mutti keine Käsewiener hat. Sollen wir morgen welche kaufen?"

Sofort hört Anni auf zu schmollen und lächelt. Sie hat ein ganz bezauberndes Lächeln. Dafür ist *mir* das Lächeln vergangen. Ich weiß, dass Lukas es gut meint, aber ich weiß auch, dass er die Kinder verzieht. Er hält sich für einen Fachmann, was er sicher auch ist, doch ich sehe die Folgen seiner Lobhudelei. Ein Kind braucht klare Regeln. Hält es sich nicht daran, muss es Konsequenzen geben. Ewiges Verständnis bringt die Kinder nicht weiter. Sie müssen auch Dinge akzeptieren, die ihnen nicht gefallen.

Erzgebirge

„Ich wurde in Olbernhau geboren", erklärt Lukas feierlich. „Das ist ein kleiner Ort im Erzgebirge, der sich Stadt der sieben Täler nennt."

„Gleich sieben?"

„Ja, der Fluss Flöha …"

„Flöha? Was für ein lustiger Name!", unterbreche ich lachend.

„Oh oh oh, der kleine Floh, hast sechs Beine und nen Holzpopo", singt Nora laut und inbrünstig.

„Holzpopo", wiederholt Anni und kichert.

Lukas stimmt sofort ein und singt mit Nora das

ganze Lied, während Anni begeistert durch die Stube hüpft.

„Wo waren wir stehengeblieben?", erkundigt sich Lukas.

„Bei die Flöhe", kräht Anni.

„Bei *den* Flöhen", korrigiere ich.

„Ach ja, die Flöha. Das ist ein Fluss, der mit seinen Nebenflüssen rings um Olbernhau sieben wunderschöne Täler formte."

Ich war noch nie im Erzgebirge. Wie sollte ich auch dorthin kommen ohne Auto?

Lukas erzählt, dass er in Olbernhau zur Schule ging und viele seiner Freunde noch heute dort leben, weil die Erzgebirger sehr heimatverbunden sind und nicht gern in die Ferne fliegen. Denn sie glauben, dass es nirgendwo auf der Welt so schön ist wie in Olbernhau.

Vermutlich kennen sie die Alpen nicht und auch keine Palmen in der Karibik. Doch dann fällt mir eine Dokumentation über Almbauern in den Alpen ein. Auch diese Leute fahren nicht weg, weil sie glauben, am schönsten Fleck der Erde zu leben. Was sollten sie also in der Fremde? Die Fremden kamen ohnehin zu ihnen.

„Nach meiner Ausbildung gehe ich zurück nach Olbernhau", sagt Lukas und schaut mich verträumt an.

In diesem Jahr endet die Ausbildung zum Erzieher. Heißt das, Lukas wird mich verlassen und ich bin wieder allein mit zwei Kindern? Obwohl mir Lukas jeden Tag auf die Nerven geht mit seiner Fürsorge und seinen ewigen Diskussionen, macht mir diese Aussicht große Angst. Mein Leben war noch nie so geregelt und sicher wie jetzt. An eine mögliche Veränderung hatte ich kein einziges Mal gedacht. Will mir Lukas mit dieser Ankündigung sagen, dass es aus ist zwischen uns und er ausziehen wird? Ich kann mich nicht mehr auf seine Worte konzentrieren und merke erst nach einer Weile, dass er noch immer von Olbernhau schwärmt.

„Ringsum gibt es Buchen- und Fichtenwälder mit vielen Wanderwegen."

Ich sage nichts, denn Wälder sind nun wirklich nichts Besonderes. Vielleicht will mich Lukas nicht verlassen, sondern mir die Stadt ans Herz legen, damit ich ihn begleite? Seit Jahren denke ich nicht mehr über die Zukunft nach, weil sie sowieso anders kommt als erwartet. Wenn mich Lukas mit ins Erzgebirge nimmt, ist es gut. In Chemnitz hält mich nichts, obwohl ich mich dort wohl fühle.

„Erzähle mir mehr über Olbernhau", bitte ich.

Begeistert klatscht Lukas in seine Hände und überschüttet mich mit Informationen, dass zum Beispiel Olbernhau bereits im 12. Jahrhundert bewohnt war und durch den Bergbau reich wurde.

So genau wollte ich es gar nicht wissen.

Doch weltweit berühmt wurde es durch die traditionelle Holzkunst.

„Ich liebe Raachermannln", schwärmt er.

„Du liebst was?"

„Räuschormännln heißt das auf sächsisch. Warte! Ich zeige sie dir."

Lukas blinzelt mir zu, zieht sein Handy aus der Tasche und gibt *Räuchermann* ein. Er zeigt mir und den Kindern lustige Figuren aus Holz: Schneemänner, Bergleute, Gärtner, Köche, Zwerge und vieles mehr.

„Wozu braucht man die?", will ich wissen.

„In denen werden Räucherkerzen abgebrannt."

Mir sagt das nichts. Deshalb zeigt mir Lukas Bilder von kleinen schwarzen und grünen Kegeln, die man zur Adventszeit anbrennt und in die Männlein stellt, damit sie Duft nach Sandelholz, Weihrauch oder Zimt verbreiten; Lukas mag Tannenduft am liebsten.

„In solch einer Werkstatt dürfen Kinder selbst Kerzen herstellen. Das ist zwar eine krasse Sauerei, aber den Kinder gefällt's."

Lukas redet und redet. Ich höre nur noch mit halbem Ohr zu.

„Meine Eltern arbeiten in einem Werk, das Spielzeuge herstellt."

„Oh! Puppen?", ruft Nora aus.

„Nein. Holzspielzeug. Bunte Bausteine. Damit kann man wunderbar bauen."

Ich nicke, finde aber Bausteine nicht interessant, auch Nora nicht.

„Im Ort gibt es unzählige Schnitzer, denen man bei der Arbeit zuschauen kann."

Erst nach einigem Hin und Her kapiere ich, dass er mit mir und den Mädchen in seine Heimatstadt Olbernhau fahren und uns seinen Eltern vorstellen will. Warum sagt er das nicht gleich?

*****

„Bist du fertig?", erkundigt sich Lukas.

„Aber du nicht", gebe ich zurück, denn er steht in seiner Jogginghose und einem schwarzen T-Shirt vor mir und stopft seine Sportjacke in den Rucksack.

Genauso gekleidet geht er jeden Morgen in den Kindergarten. Das verstehe ich, denn dort rutscht er viel auf dem Boden herum, wenn er mit den Kleinen spielt, weshalb ich seine Hose Rutschhose nenne. Doch heute wollen wir seine Eltern in Olbernhau besuchen und mit der Bahn fahren.

„Zieh dir ordentliche Hosen an oder Jeans!", bitte ich. „Deinen Eltern wird es nicht gefallen, wenn du in Sportsachen vor ihnen stehst."

„Das sind keine Sportsachen, sondern moderne Athleisures. Sweat oder Track Pants", Lukas klopft auf seine Hose, „und das ein Catamaran." Er zupft am Ärmel seiner Jacke.

„Ein englischer Name macht die hässlichen Fetzen auch nicht besser. Außerdem ist ein Katamaran ein

Boot."

Das weiß sogar ich.

„Meine Kleidung ist modern. Weißt du das nicht?"

„Mag sein. Aber es sieht schlampig aus. Daheim und im Kindergarten mag das gehen, aber nicht in der Öffentlichkeit."

„Du spinnst", gibt Lukas zurück. „Meine Eltern freuen sich über mich und nicht über meine Klamotte. Du solltest dich selbst einmal angucken!"

Die Mädchen und ich tragen Jeans, Anni und ich einen roten Pulli, Nora einen blauen, dazu leichte Sportschuhe und für mich hellblaue Schnürschuhe. In meiner Tasche befinden sich farblich passende Strickjacken, ein feuchter Waschlappen in einem Plastikbeutel, eine Haarbürste und mein Geldbeutel. Was ist daran falsch? Ich finde, im Gegensatz zu ihm sehen wir perfekt aus.

„Kommt!", rufe ich meinen Mädels zu.

Wir fahren mit dem Zug, der Erzgebirgsbahn. Die ist schneller als der Bus und ein Auto besitzen wir beide nicht.

„Mit dem Auto ist es lustiger, weil es ständig in engen Kurven bergauf und bergab geht."

Ich nicke, obwohl ich kurvige Strecken gar nicht mag. Im Zug ist es bequemer. Die Mädchen schauen aus dem Fenster und kommentieren jeden Baum, was Lukas köstlich amüsiert und mich nervt. Lukas erzählt von einem großen schwarzen Hund, der in Olbernhau wohnt, auf zwei Beinen läuft und die Leute anspringt.

„Ich mag nicht, wenn du den Kindern Angst mit deinen Gruselgeschichten machst."

„Das ist doch nur eine Sage", lacht er und zwinkert den Mädchen zu, beugt sich zu ihnen und flüstert hinter vorgehaltener Hand: „Ich kenne eine geheime Stelle ganz in der Nähe von Olbernhau, wo ein Schatz unter einem Baum versteckt liegt."

„Was ist ein Schatz?", fragt Anni.

„Gold und Silber und Schmuck."

„Ach so", brummt sie gelangweilt, weil sie keinen Schmuck kennt.

„Den Schatz können nur Kinder finden, die an einem Sonntag geboren sind."

„Mama, bin ich an einem Sonntag geboren?", will Nora wissen.

„Nein, auch Anni nicht."

Enttäuscht schauen die Beiden wieder aus dem Fenster, obwohl es nicht viel zu sehen gibt.

„Wenn du weißt, wo der Schatz ist, dann suche ein Kind, das am Sonntag geboren ist. Dann könnt ihr euch den Schatz teilen", schlägt Nora vor.

„Eine gute Idee", findet Lukas und wir lachen beide über mein kluges Kind.

Sofort nach der Begrüßung bieten mir seine Eltern einen Kümmelschnaps an.

„Die Vögel zwitschern es längst von der Mauer, trinkt einen echten Olbernhauer!", zitiert der Vater einen Trinkspruch und hebt sein Glas. „Ich bin der Ronny."

„Und ich die Kerstin", ergänzt seine Frau. Sie zeigt auf einen winzig kleinen Tisch, auf dem viele bunte Holzbausteine und kleine Häuschen liegen. „Hier dürft ihr spielen!", wendet sie sich an meine Mädchen.

Beide kreischen auf und bauen sofort Türmchen, während wir uns aufs Sofa setzen. Wenn sich Lukas mit seinen Eltern unterhält, verstehe ich kein einziges Wort. Normalerweise spricht Lukas Hochdeutsch mit sächsischem Akzent.

„Das ist Erzgebirgisch, eine ganz eigene Sprache", erklärt er. „Hier ist das noch erhalten geblieben, in der Stadt nicht mehr."

Mir fällt ein, dass die Münchner zwar auch bayrisch reden, aber viel milder als das Bayerisch im Umland, was selbst ich nicht immer verstehe.

Kerstin und Ronny sind mir sehr sympathisch, weil sie so ungezwungen mit mir und den Mädchen umgehen, als kennen sie uns schon ewig. Sie fragen nicht viel. Vielleicht aus Höflichkeit oder Lukas hat ihnen bereits alles von mir erzählt. Sicher kennt sie auch meine erfundene Geschichte von meinem Mann und seinem tödlichen Unfall in Kirgisien.

Auf der Anrichte stehen Fotos von den Großeltern und Geschwistern von Lukas. Eine Oma lebt im Nachbardorf, ihr Mann und die anderen Großeltern sind bereits verstorben.

„Meine Mutter wohnt in einem kleinen Häuschen im Nachbarort", erklärt Kerstin. „Sie ist zwar schon 89 Jahre alt, versorgt sich aber noch selbst, hält ihr Haus, die Küche und sogar den Garten in Ordnung. Ich fahre oft mit dem Rad hinüber."

Lukas hat noch einen Bruder und eine Schwester. Auf einem Bild bläst Lukas in ein seltsames Instrument.

„Das ist eine Posaune."

„Po auau", singt Anni.

Auch wenn sie in ihr Spiel vertieft ist, bekommt sie oft unsere Gespräche mit.

Lukas lächelt versonnen. „Die Posaune ist das schönste Instrument überhaupt, weil sie sanft und ganz wunderbar klingt und noch wunderbarer in einer Bläsergruppe. Ich spielte im Posaunenchor der Schule."

Ich nicke, obwohl ich nicht glaube, dass ich schon einmal einen Posaune hörte.

„Früher musste man vor der Ausbildung zum Erzieher ein Instrument beherrschen. Heute reicht es, wenn man ab dem dritten Lehrjahr ein wenig Flöte spielt oder trommelt. Flöte ist allerdings ebenso ungünstig wie Posaune, weil man nicht singen kann, während man die Melodie bläst."

Lukas hat eine wunderschöne kräftige und klare Stimme und singt sehr oft mit den Mädchen. Nora mag am liebsten das Lied von der lieben Sonne und Anni das über die Farben. Ich glaube, das ging so: „Blau blau blau sind alle meine Kleider."

„Ich singe gern. Doch all die vielen erzgebirgischen Volkslieder kannte man weder in Chemnitz noch in Leipzig."

„Außerdem handeln die meisten von der gemütlichen Advents- und Winterzeit, weil das Erzgebirge das Weihnachtsland ist", ergänzt Kerstin. „Das passt nicht immer."

„Vom Wald, Schwammerln sammeln und unserer Heimat gibt es auch viele Lieder", fällt Ronny ein.

„Mein Bruder brachte mir ruckzuck drei Akkorde auf der Gitarre bei. Das reicht als Begleitung für jedes Kinderlied."

„Spielst du auch ein Instrument?", fragt Kerstin.

Ich schüttle den Kopf. Dieses Thema gab es bei uns daheim nicht. Und von allein wäre ich nie auf die Idee gekommen.

„Ich will spielen!", kreischt Anni. „Po auau und das andere auch."

Alle lachen.

„Vielleicht kann ich die Mädchen für ein Instrument begeistern", hofft Lukas.

„Hausmusik hat bei uns nach wie vor Tradition. Ronny spielt Schifferklavier und ich Zither."

Kerstin holt ein Foto, auf dem eine Musikgruppe abgebildet ist: zwei Erwachsene und drei Kinder, alle in grün-weißer Tracht. Ich dachte, dass nur in Bayern Trachten üblich sind.

„Das sind die Sachsenfarben. Erkennst du uns?"

Ich schüttle wieder den Kopf.

Lukas tippt auf einen Jungen und sagt: „Das bin ich. Neben mir stehen meine Schwester Mandy und mein Bruder Dennis mit der Gitarre, dahinter meine Eltern."

Mandy und Dennis, das sind wie Ronny beliebte Namen zu DDR-Zeiten gewesen. Aus München kenne ich niemanden, der so heißt.

„Wir traten manchmal bei Familienfeiern auf und haben auch daheim musiziert und viel gesungen."

Das gab es bei uns daheim nicht. Auch in Tante Tonis Familie wurde nicht gesungen, nicht einmal bei Franzi. Ich kenne überhaupt keine Kinder- oder Volkslieder und schon gar nicht welche aus dem Erzgebirge. Hoffentlich holen sie jetzt nicht ihre Instrumente hervor und fangen an zu singen. Das wäre zu peinlich.

Also frage ich schnell, wo Dennis und Mandy leben und wo sie arbeiten.

„Dennis ist Tischler. Er baut aus alten Baumstämmen wunderschöne Möbel." Lukas klopft auf den großen Esstisch. „Das war sein Meisterstück aus einem einzigen Brett. Die Astlöcher hat er mit einer Art Wachs zugegossen. Sieht das nicht toll aus?"

Ich streiche mit der Hand über die glatte Oberfläche der dicken Platte und nicke bewundernd.

„Mandy lebt in Dipps. Sie arbeitet in einer Kita und hat mich vom Beruf Erzieher überzeugt."

Ob das eine gute Idee war? Den Beruf eines Tischlers finde ich für einen Mann passender. Doch dazu sage ich lieber nichts. Eilig hocke ich mich zu den Mädchen, aber die sind bereits aufgesprungen und folgen Kerstin in die Küche.

Zum Mittag gibt es eine Kartoffelsuppe mit Wiener, was den Kindern hervorragend schmeckt. Kerstin kocht wie ich Möhren, Lauch und Erbsen mit. Und es werden Speck und Zwiebeln gebraten und mit den Wurstwürfeln zur Suppe gegeben, was mir richtig gut schmeckt.

Die meisten Leute pürieren nur die gekochten Kartoffeln und geben einen Schuss heiße Milch und etwas Butter dazu. Fertig. Das wäre mir zu fad.

In Bayern isst man nicht so viele Kartoffeln wie in Sachsen, eher Knödel, die hier Klöße heißen.

„Wir waren gestern in Dresden."

„Wie schön!", rufe ich aus.

Bis jetzt ist es mir noch nicht gelungen, diese Stadt zu besuchen, obwohl ich schon viel Interessantes über sie hörte. Doch ich verreise nicht so gern. Lieber gehe ich mit den Mädchen auf einen Spielplatz, als mich mit ihnen ins Stadtgewühl zu quetschen.

„Naja, schön war es nicht. Ich musste mich für eine Operation am Knie untersuchen lassen."

Mir war schon aufgefallen, dass Ronny das eine Bein etwas nachzieht.

„Nächsten Dienstag ist es soweit und ich komme

unters Messer."

Unters Messer nennen die Sachsen Operationen.

„Wohl ist mir nicht dabei, weil man nie weiß, ob der Eingriff gut geht oder ich hinterher mehr Schmerzen habe als zuvor."

„Du hast so entschieden und so wird es gemacht", beendet Kerstin das Gespräch. „S Waddor is gorni so schlacht. Naus mid eich!" (Das Wetter ist nicht schlecht. Raus mit euch!)

Das lassen wir uns nicht zweimal sagen und laufen eine kleine Runde durch den Ort. Auf dem Marktplatz steht ein kleines Schaukelpferd, auf das sich Nora sofort schwingt und hin und her wippt. Lukas zeigt nach oben. Dort drehen sich auf einer hohen Stange fünf Figuren im Wind. Alle sitzen auf einem Schaukelpferd.

„Das ist unser Reiterlein, das Wahrzeichen von Olbernhau. Ein Husar auf einem Schaukelpferd."

„Was ist ein Husar?", will Nora wissen.

„Ein Soldat."

Darunter können sich die Mädchen nichts vorstellen und verlieren das Interesse, während Lukas von weiteren Windspielen in der Stadt berichtet. Er sagt, dass während der Weihnachtszeit ein fast drei Meter hohes Reiterlein auf dem Markt steht, daneben ebenso riesig groß die Pfefferkuchenfrau und ein Nussknacker.

„Tolle Idee", behaupte ich, obwohl ich keine der

drei Figuren kenne.

„Ich will auch so ein rundes Pferd!", verlangt Anni, als wir vor einem Schaufenster voller Schnitzwerk stehenbleiben. „Ein rotes."

„Und ich ein blaues", ergänzt Nora.

„Das Reiterlein ist kein Spielzeug."

„Doch!"

Ich finde die Figuren niedlich, doch nicht die hohen Preise. Selbst das kleinste Reiterlein, nicht größer als mein Zeigefinger, kostet 35 Euro, andere sogar 120 Euro und mehr. Ich ziehe die Kinder weg vom Schaufenster.

„Es gibt sogar einen Reiterlein-Wanderweg, der zu einem Platz führt, der die Worte verzaubert", lockt Lukas und führt uns zu einem Echoplatz.

„Ich will zaubern!", kreischt Anni.

Aube … aube kommt als Echo zurück, worüber die Mädchen kichern.

„Flasche!", ruft Nora so laut sie kann.

Asche … asche kommt zurück.

„Affe!", brüllt Anni.

Fe … fe … fe.

Mütze wird zu tze .. tze und Nein zu ein … ein. Wir lachen noch, als wir längst weitergegangen sind. Ich höre Spechte klopfen, sehe viele kleine Vögel fliegen und Eichhörnchen über den Weg huschen. Natur hat mich bisher nie interessiert. Aber heute ist es anders. Mir gefällt, dass ich keinen Unrat entdecke, keine leeren Flaschen im Wald und keine Chipstüten im Gestrüpp wie in München. Nur eine Sportgruppe legt ihre Matten ausgerechnet mitten auf den Weg, um ihre Übungen zu machen, so dass wir ins hohe Gras ausweichen müssen. Zum Glück ist es trocken.

Nach unserem Spaziergang verkündet Kerstin: „Ich habe Eierschecke gebacken. Und einen Pflaumenkuchen mit Streuseln."
Die Kinder jubeln und Lukas strahlt. Eierschecke kenne ich bereits aus Chemnitz. Ich habe schon probiert, sie zu backen, aber das ist recht kompliziert. Fluffig aufgeschlagene Eier mit Butter bilden die untere Schicht auf einem Hefeteig, darauf wird eine Quark-Pudding-Ei-Masse gestrichen, Pudding mit steifem Eiweiß ergibt schließlich die Scheckenschicht.
Leider kennen die Sachsen keinen Pflaumendatschi, was mein absoluter Lieblingskuchen ist. Die Sachsen schneiden die Pflaumen in kleine Stücke und verteilen sie sparsam auf eine Puddingmasse auf Hefeteig, darauf Butterstreusel. Beim Datschi schichtet man die Pflaumen dicht wie Dachziegel direkt auf den Teig. Streusel braucht es nicht.
Lukas mag meine Kuchen nicht. Er bevorzugt die sächsischen Blechkuchen. Sein Lieblingskuchen ist ein einfacher Butterstreusel. Oder Zuckerkuchen, den ich bisher noch gar nicht kannte. Dazu wird ein dünner Hefeteig einfach mit Butter und

Zucker überdeckt und ist nach dem Backen vor allem für die Kinder ein echter Hochgenuss.

Ronny und Kerstin erzählen von einem Nachbarn. Ich höre nur mit halbem Ohr zu, da ich sowieso kaum die Hälfte verstehe. Erst, als alle drei sehr besorgt klingen, mische ich mich ein.

„Eine Frau ist verschwunden?", frage ich ungläubig.

„Dalisay. Eine junge Frau von den Philippinen", bestätigt Kerstin. „Unser Nachbar Frank brachte sie vor etwa zehn Jahren aus dem Urlaub mit. Sie war sehr still und verstand nur wenig Deutsch."

„Frank sprach Englisch mit ihr, obwohl er Englisch nicht wirklich beherrscht."

„Auch seine Frau nicht."

„Auf den Philippinen spricht man Filipino und zum Teil Englisch, aber wie gesagt, Englisch beherrscht keiner von beiden."

Ich muss lachen und sage, dass ich mir gerade vorstelle, wie zwei sich streiten, wenn keiner den anderen versteht.

„Dalisay war zwar sehr still und wirkte nachgiebig und lieb, aber ich glaube, sie wusste, was sie wollte und ließ sich nicht die Butter vom Brot nehmen."

Butter vom Brot nehmen. Das bedeutet, sich nichts gefallen lassen.

„Kinder hatten sie keine, obwohl sie sogar eine künstliche Befruchtung versuchten."

„Und jetzt ist die Frau weg?"

„Seit etwa vier Jahren hat sie keiner mehr gesehen. Weder wir noch andere Leute aus dem Ort."

„Ging sie wieder zurück in ihre Heimat?"

„Das haben wir Frank auch gefragt. Aber er behauptet, sie sei noch in der Nähe."

„In der Nähe? Das klingt seltsam."

Kerstin nickt.

„Noch seltsamer ist, dass bei Frank Tag und Nacht das Stubenfenster angekippt ist, auch im Winter."

„Er sagt, er müsse viel lüften, weil das Haus alt sei. Doch bei Kälte hält man es nicht in der Wohnung aus, schon gar nicht eine Frau, die an tropische Hitze gewöhnt ist."

Ich erfahre, dass Dalisay Ingwertee und exotische Kräuter verkaufte.

„Ich habe den Tee auch probiert", erzählt Kerstin, „Er hilft gegen Erkältung und Übelkeit, schmeckt aber recht scharf. Als ich ihn nachkaufen wollte, sagte Frank, seine Frau sei bei Kunden unterwegs. Das ist nun schon vier oder fünf Jahre her."

„Wenn sie noch hier wäre, hätte sie dir den Tee sicher längst gebracht."

„Das glaube ich auch."

„Ich würde die Polizei informieren. Vielleicht ist die Frau längst tot."

Ronny und Kerstin schauen sich überrascht an.

„Nein, so etwas machen wir nicht."

„Aber wenn die Frau seit vier Jahren nicht mehr

gesehen wurde?", verteidige ich meinen Vorschlag.
„Wer kennt schon die Gründe?"

„Vielleicht lässt Frank sein Fenster offen, damit unangenehme Gerüche verschwinden?"

„Du hast eine üble Fantasie", tadelt Lukas.

„Könnt ihr den Nachbarn nicht einfach besuchen und schauen, ob bei ihm alles in Ordnung ist."

„Ich habe schon mal geklingelt – auf ein Bier. Doch Frank kam mit der Flasche in der Hand heraus und wir saßen auf der Bank vor dem Haus."

„Hast du es auch im Winter versucht?"

Wir reden noch lange hin und her und überlegen, was mit der Frau passiert sein könnte. Sogar noch während der Zugfahrt zurück nach Chemnitz denke ich über die verschwundene Frau nach.

Anni schläft und Nora schaut ein Bilderbuch an, das ihr Kerstin zum Abschied schenkte.

*****

Kerstin ruft an und berichtet, dass die Operation an Ronnys Knie gut verlief und er bald aufstehen darf.

„Besuchst du ihn heute?"

„Nein."

„Morgen erst?"

„Ich besuche ihn gar nicht. Warum sollte ich in die Klinik fahren. Ausrichten kann ich dort nichts. Oder soll ich etwa Händchen halten?"

Kerstin lacht.

„Ronny freut sich bestimmt über deinen Besuch."

„Wir haben das vorher besprochen, dass ich nicht erst nach Dresden kommen muss."

Muss? Kerstin hat offenbar gar nicht das Bedürfnis, ihrem Mann beizustehen. Selbst, wenn er keine Schmerzen ertragen muss, so braucht er doch Besuch, Aufmunterung und Unterhaltung. So ein Tag im Krankenbett ist furchtbar langweilig und vergeht ausgesprochen langsam.

„Mandy lebt in Dipps, sie wird ihren Vater besuchen."

Mandy ist Lukas jüngere Schwester und Dipps die Kurzform der Einheimischen für Dippoldiswalde. Von dort fahren mehrmals in jeder Stunde Busse nach Dresden oder sie nimmt das Auto.

„Deine Mutter will Ronny nicht in der Klinik besuchen", berichte ich empört am Abend.

„Vater will vielleicht nicht, dass sie ihn so hilflos sieht."

„Aber Lukas! Sie leben seit vierzig Jahren zusammen. Da kennt sie ihn in- und auswendig."

„Sie müsste zuerst mit dem Zug nach Chemnitz und dann von hier nach Dresden fahren. Das sind fast drei Stunden Fahrzeit. Warum sollte sie sich das antun?"

„Um ihm beizustehen!"

Entrüstet frage ich, ob es keine Straßen gibt, die sie mit ihrem Auto fahren kann. Schließlich weiß ich, dass sie einen neuen Skoda besitzen, weil Ronny ihn mir voller Stolz präsentierte.

„Das Auto ist neu, keine drei Jahre alt. Mit dem ist sie noch nie gefahren und hat es auch nicht vor."

„Hat sie keinen Führerschein?", wundere ich mich.

„Doch. Bis vor ein paar Jahren hatte sie selbst ein kleines Auto, aber heute braucht sie es nicht und wenn sie nicht mit Vaters Wagen fahren will, ist das allein ihre Sache."

Nicht wirklich, denn es betrifft genauso ihren Mann.

„Und wenn Ronny daheim ist und zum Arzt muss?"

„Dafür gibt es Taxen und für die Reha einen Fahrdienst. Für den Einkauf nimmt sie ihr Fahrrad."

Ich sage nichts mehr, aber ich verstehe es nicht. Franzis Eltern wechselten sich bei längeren Fahrten ab. Vielleicht verreisen Kerstin und Ronny nicht oder sie sitzt während der Fahrt nur als Beifahrer daneben und entlastet ihn nicht.

Kerstin ist kein ängstlicher Mensch. Sie wanderte fünf Wochen lang ganz allein quer durch Island, ernährte sich von Tütensuppen, Nüssen und Schokolade und übernachtete in einem kleinen Zelt, das sie im Rucksack mitschleppte. Ronny findet Geysire und Gletscher ebenfalls spannend, fürchtet aber gefährliche Feuer und Asche spuckende Vulkane, weshalb er daheim blieb. Ich habe ein Buch von Carmen Rohrbach gelesen über die bedrohlichen Aschewolken, Gletscherspalten und reißende

Flüsse. Das schreckte Kerstin nicht ab. Sie sagt, man muss nur aufpassen, dann passiert einem nichts. Ronny ist seine Gesundheit wichtiger als die extrem abenteuerlichen Reisepläne seiner Frau.

Im nächsten Jahr, wenn Kerstin in Rente geht, will sie ganz allein in Vietnam durch den Dschungel laufen. Das Mobilfunknetz soll recht gut funktionieren, obwohl ich mir das mitten im Wald nicht vorstellen kann. Dort gibt es Schlangen, Spinnen und wilde Tiere. Mir wäre angst und bange vor Überfällen, Tieren und Insekten. Kerstin hat keine Angst vor ihnen.

Aber sie hat Angst, selbst Auto zu fahren und das auf gut ausgebauten Straßen in Deutschland.

Außerdem ist sie seit ihrer Jugend Mitglied der Freiwilligen Feuerwehr im Ort und hilft nicht nur bei Bränden, sondern auch ganz beherzt bei Unfällen und Überschwemmungen wie in den Jahren 2002 und 2013, als die Flöha den gesamten Ort überflutete und mehrere Gebäude mitriss. Bei meinem Besuch in Olbernhau stand ich auf einem Fußweg und versuchte, mit ausgestreckten Armen ein Schild zu erreichen. Auf ihm las ich das Datum 12./13. August 2002, das den Hochwasserstand von damals anzeigte. Niemals hätte ich so viel Mut wie Kerstin, die ihr Leben einsetzt, um verletzten Menschen zu helfen und sogar Tote zu bergen.

Aber sie traut sich nicht, das neue Familienauto zu

fahren. Autofahren kann nicht schwierig sein, weil so viele Menschen es können. Auch ich werde eines Tages den Führerschein machen. Nötig ist das erst einmal nicht, da ich nicht wie Kerstin auf dem Land lebe, sondern in einer Großstadt, wo ich aller paar Minuten Bus und Straßenbahn in jede Ecke von Chemnitz und darüber hinaus nutzen kann.

Enthüllung

„Antonia Huber", meldet sich eine Frau am Telefon. „Dein Bruder ist gestorben."

Sofort lege ich auf, denn ich kenne keine Antonia Huber und habe auch keinen Bruder. Manchmal rufen Betrüger an, erzählen schlimme Geschichten und verlangen Geld. Ich weiß das aus Fernsehfilmen und der Sendung *XY*.

Es klingelt noch einmal.

„Hanna, leg nicht auf! Hier ist Antonia, deine Tante Toni."

„Warum sagst du das nicht gleich?"

Und warum sagt sie, mein Bruder sei gestorben?

„Mein Bruder? Hat Vater neue Kinder?"

„Ja. Zwei sind es."

„Und eins davon ist gestorben?", frage ich mitfühlend.

„Nein. Unser Ferdinand ist tot." Sie schweigt einen

Moment und schreit plötzlich: „Mein Ferdl!"

Entsetzt ringe ich nach Fassung und bringe kein Wort über die Lippen, kann nicht einmal mein Beileid aussprechen. Toni stöhnt.

Sie räuspert sich und spricht mit einer Stimme, die wie ein Automat klingt: „Die Beerdigung findet am Freitag 13 Uhr auf dem neuen Friedhof in Garching statt. Sei pünktlich!"

Toni hat aufgelegt und ich starre fassungslos auf das Handy. Ferdl lebt nicht mehr? Er ist mein Cousin und nicht mein Bruder. Seine Mutter redet wirr aus Kummer oder ich habe mich verhört. Allerdings waren wir uns tatsächlich nahe wie Geschwister, bis mich Toni nicht mehr ins Haus ließ. Ich weiß bis heute nicht, was ich falsch gemacht hatte.

Vor zehn Jahren verließ ich Garching und habe niemanden mehr aus meiner Familie gesehen. Den Vater nicht und auch nicht meine Tanten Toni und Betti. Nur Ferdl und Schorsch traf ich vor zwei Jahren, als sie mir beim Umzug halfen. Ich fühlte mich Ferdl sofort wieder nahe, als wären wir nie getrennt gewesen. Ihm ging es genauso. Und jetzt ist er tot. Was ist nur passiert? War er krank? Gab es einen Unfall? Beim Umzug schien er fit, gesund und sportlich.

Ich werde alles am Freitag erfahren. Doch wie komme ich nach Garching? Mir bleibt nur der Zug, weil ich kein Auto habe. Doch was mache ich mit meinen Mädchen?

„Ich komme mit und passe auf die Beiden auf", bietet Lukas an. „Dabei lerne ich endlich deine Familie kennen."

Das will ich auf gar keinen Fall.

„Lieber wäre mir, du bleibst mit den Mädchen hier."

Lukas besitzt ebenfalls kein Auto. Er fährt lieber Rad oder mit Bus und Bahn.

Als hätte er mich nicht gehört, plappert er weiter: „Wir nehmen den Zug um 6:30 und sind 12 Uhr in Ismaning, von da geht ein Bus und wir sind pünktlich auf dem Friedhof."

„Das ist mir zu riskant, falls der Zug Verspätung hat oder kein Bus fährt."

„Du hast Recht. Wir sollten einen Tag früher nach Garching fahren, am besten gleich morgen. So gibt es keinen Stress und wir können bei deinen Verwandten übernachten. Während der Trauerfeier ist sowieso kein normales Gespräch möglich."

„Hast du nicht gehört, dass ich lieber allein fahre? Außerdem gehören Kinder nicht auf eine Beerdigung."

„Wer sagt das?"

„Es ist gleichgültig, wer das sagt. Ich will es nicht."

„Du hast aber keine andere Möglichkeit."

„Doch!", entgegne ich, obwohl ich weiß, dass Lukas Recht hat.

Wenn er nicht hierbleiben und auf die Mädchen aufpassen will, muss ich sie mitschleppen. Das passt mir gar nicht. Es wird eine Menge unangenehme Fragen geben, die ich nicht beantworten will. Betti wird wissen wollen, wo ich all die Jahre gelebt habe und Toni interessiert, wer der Vater meiner Kinder ist. Ferdl und Schorsch lernten Nora kennen, wussten aber nicht, dass ich schwanger war, als sie mich nach Chemnitz fuhren. Sie stellten keine Fragen.

Aber Lukas stellt Fragen. Er will wissen, wer Ferdl war und ob Tante Toni aus der Familie meines Vaters oder meiner Mutter stammt. Widerwillig und so knapp wie möglich antworte ich.

„Toni ist die ältere Schwester meiner Mutter. Sie bekam Ferdl, also Ferdinand zur gleichen Zeit wie meine Mutter mich."

Lukas amüsiert sich über den Namen Ferdinand, den ich überhaupt nicht komisch, sondern wunderbar finde.

„Ferdl und ich klebten aneinander wie Zwillinge. Doch als wir sechs Jahre alt waren, bekam Toni ein zweites Kind, den Schorsch, also den Georg. Seitdem sah ich Ferdl nur noch in der Schule. Aber wir durften uns nicht mehr besuchen."

„Warum?"

„Das weiß ich nicht. Toni hatte genug mit Schorsch zu tun. Ich hätte ihn gern ausgefahren, aber ich durfte nicht. Ich durfte auch nicht mehr mit Ferdl spielen."

„Seltsam." Lukas schüttelt verwundert den Kopf. „War irgend etwas vorgefallen?"

Ich zucke mit der Schulter und seufze.

„Ich war halt noch zu klein, um das alles zu verstehen. Aber ich hatte immer das Gefühl, dass meine Mutter den Grund kennt. Doch sie sprach nicht darüber. Als ich fünfzehn Jahre alt war, starb sie."

„Deine Mutter?"

Ich nicke und spüre plötzlich, wie meine Arme und Beine schwer werden und mein Magen verkrampft.

„Toni wollte, dass ich zu ihr ziehe, weil Vater kaum noch daheim war."

„Wo war er denn?"

„Keine Ahnung. Damals glaubte ich, er vergräbt sich vor Kummer in seiner Arbeit und wird daheim nur an Mama erinnert."

„Das kann ich mir gut vorstellen. Es gibt kaum etwas Schlimmeres, als wenn der Partner wegfällt. Es sei denn, ein Kind stirbt. Das ist sicher noch viel schlimmer."

„Ferdl war Tonis Kind."

Ein Kind sollte nie vor seinen Eltern sterben. Aber auch ein Kind sollte seine Mutter nicht so früh verlieren wie ich meine Mutter. Ich war erst fünfzehn Jahre alt, als sie starb und fühlte mich unsagbar allein, von Vater und der ganzen Welt verlassen.

Verlassen. Verlassen durch den Tod ist anders als das Verlassen, wenn der, den man vermisst, noch lebt. Ich habe Vater verlassen, doch zuvor verließ er mich, weil er kaum noch nach Hause kam. Ich wartete und hoffte, dass er zurück kommt. Auch bei Birger, Robert und Navid hoffte ich lange. Und doch musste ich allein mit meinem Kummer und meinem Leben fertig werden. Vielleicht leiden nur Frauen unter einem Verlust. Männer nicht.

„Ich fühlte mich von Gott und der Welt verlassen. Es war eine sehr schlimme Zeit für mich."

Lukas nimmt mich in seine Arme und hält mich fest.

„Ich verlasse dich nicht. Nie."

Ich kenne diese Worte und weiß, dass sie vielleicht in diesem Moment ernst gemeint sind. Doch wenn es ernst wird, bin ich wieder allein.

„Mich vermisste niemand. Deshalb lief ich weg."

„Wohin?"

„Nach München."

„München? Hast du nicht Stuttgart gesagt?"

„Natürlich Stuttgart", stimme ich eilig zu.

„Wie alt warst du da?"

„Ungefähr sechzehn."

Lukas schnalzt mit der Zunge.

„So jung? Du warst noch nicht volljährig. Bei wem hast du gelebt? Bei Verwandten?"

Diese Fragen überhöre ich. Was soll ich auch dazu sagen?

„Ich lernte in einer Firma."

„In welcher?"

„Du weißt, dass ich darüber nicht sprechen darf."

„Meine Güte! Das ist Jahre her!"

„Trotzdem."

Beleidigt wendet er sich ab und ich hoffe schon, dass er nicht weiterfragt. Doch natürlich gibt er sich nicht zufrieden.

„Wo hast du gewohnt?"

„In einem Wohnheim."

„Und dann hast du studiert?"

„Wie kommst du darauf?"

„Als IT-Manager braucht man ein Studium, sogar den Master und Berufserfahrung."

„Ich weiß", lüge ich. „Bei mir war das anders. Alles lief intern in der Firma ab."

Lukas nickt wie einer, der zwar zustimmt, aber nicht wirklich daran glaubt.

„Wo hast du eigentlich deinen Mann kennengelernt?"

„In der Firma."

„Hast du ihn sehr geliebt?"

Ich verziehe den Mund und reibe mir die Augen, als müsste ich eine Träne wegwischen.

„Schon. Aber weißt du, wir wurden von der Firma pro forma verheiratet."

Auf diesen plötzlichen Einfall bin ich mächtig stolz.

„Wie das?"

„Stefan hatte einen großen Auftrag in Kirgisien, musste aber verheiratet sein, um reisen zu dürfen. Da fiel die Wahl auf mich. Ich liebte nicht ihn, sondern das Abenteuer. Nie im Leben wäre ich sonst nach Kirgisien gekommen. Erst viel später lernte ich Stefan schätzen. Wir hatten eine schöne Zeit und waren glücklich mit unserer Nora." Noch einmal quetsche ich mir eine Träne aus den Augen. „Als ich mit Anni schwanger war, geschah der schreckliche Unfall."

Lukas schlingt seine Arme um mich und flüstert mir ins Ohr, wie leid ihm das alles tut.

„Meine Familie weiß nichts von Stefan und den Kindern, auch nichts von Kirgisien und sollen es auch nicht erfahren."

„Aber wieso haben sie deine Telefonnummer!"

Soll ich sagen, dass ich meine Nummer nie änderte? Oder klingt das unwahrscheinlich?

„Das hat mich auch gewundert", antworte ich und schaue Lukas betreten an. „Vielleicht gibt es bei Todesfällen Ausnahmen."

Lukas nickt verständnisvoll und ich hoffe, dass es nicht zur Sprache kommt, dass ich all die Jahre die gleiche Handynummer habe.

„Wollen sie nicht wissen, wer der Vater der Mädchen ist?"

„Das fürchte ich auch und ich weiß nicht, wie ich dem Thema ausweichen kann. Vielleicht muss ich nichts sagen, weil sie denken, du bist mein Mann und der Vater der Kinder."

Lukas lacht. Dann zieht er seine Stirn in Falten und sagt, dass er das nicht kann. Er wäre gern mein Mann und der Vater der Kinder, aber er ist es nicht.

„Die Nora kaufen sie mir als meine Tochter ab, weil sie blond ist wie du. Doch Anni mit ihren dunklen Locken und fast schwarzen Augen? Das bieten wir beide nicht."

„Dann sage ich die Wahrheit, dass mein Mann bei einem Unfall ums Leben kam. Ich muss ja nicht Kirgisien erwähnen."

Lukas nickt, sieht aber nicht überzeugt aus.

„Jede noch so schlimme Wahrheit ist immer besser als die kleinste Lüge."

Das sehe ich anders. Denn die Wahrheit muss ich niemandem zumuten. Wozu auch? Sie geht keinen etwas an. Meist lebt es sich mit einer Lüge leichter. Ich hoffe nur inständig, dass es nicht zur Sprache kommt, dass mir Ferdl und Schorsch beim Umzug von München nach Chemnitz halfen.

*****

Toni umarmt uns nicht zur Begrüßung. Sie weint auch nicht und hat keinen Blick für die Mädchen. Sie zeigt nur auf Ferdls Zimmer und sagt, dass wir uns dort einrichten dürfen. Ich werde mit den Mädchen im Bett und Lukas auf einer Matratze schlafen, die auf dem Boden liegt.

Nach der Brotzeit bringe ich Anni und Nora ins Bett. Beide sind von der langen und aufregenden Zugreise erschöpft und schlafen sofort ein. Tonis Mann Fred gießt uns Bier ein. Mir wäre Wein lieber, aber ich wage nicht, darum zu bitten.

Wir schweigen und ich hoffe, dass mich keiner nach meinem Leben während der letzten zehn Jahre fragt.

Ganz unvermittelt verkündet Toni: „Ferdinand hat sich vor den Zug geschmissen."

Ich zucke zusammen und spüre plötzlich, wie sich meine Schultern und Oberschenkel verkrampfen. Meine Kehle brennt, als bekäme ich Halsweh.

„Wie entsetzlich", krächze ich.

„Das hat er von seiner Mutter", schnauft Toni. „Die hat sich auch selbst umgebracht."

„Auch?" Verstört schaue ich sie an. „Wie meinst du das? *Du* bist seine Mutter."

„Denkst du! Die ganze Familie ist ein Irrenhaus von Selbstmördern."

„Welche Familie meinst du?", frage ich irritiert.

„Deine!"

„Deine nicht?"

„Natürlich nicht. Ich stamme nicht von Irren ab." Sie klopft sich auf die Brust und schaut mich an, als hätte ich sie beleidigt. „Meine Mutter starb ganz natürlich bei meiner Geburt."

„Wie schrecklich!", murmle ich, verstehe aber überhaupt nichts, weil man nicht *ganz natürlich* bei einer Geburt stirbt.

„Mein Vater machte den großen Fehler und heiratete Elisabeth."

„Elisabeth heißt meine Oma", erinnere ich mich.

„Leider kannte ich sie gar nicht."

„Sei froh! Sie war komplett unmöglich. Ich habe sie gehasst."

„Warum?", fragt Lukas.

Ich trete gegen seinen Fuß und schaue ihn drohend an, damit er den Mund hält.

„Sie bekam kurz hintereinander zwei Mädchen. Deine *Mütter*."

Beim Wort Mütter schaut sie mich an und verzieht den Mund, als hätte sie in eine Zitrone gebissen. Ich kann mir keinen Reim darauf machen und will nicht weiter darüber nachdenken. Vermutlich hatte ich mich verhört. Mir ist die lange Reise und vor allem der Anlass dafür gründlich auf den Magen geschlagen. Dass sich Ferdl selbst getötet haben soll, kann und will ich nicht glauben. Das würde ich im Kopf nicht aushalten.

„Gekümmert hat sie sich nicht um ihre Brut, weil sie öfter in einer Klinik war als daheim."

„War Elisabeth krank?", erkundigt sich Lukas.

„Und wie! Im Kopf! Verrückt! Mal lachte sie wie irre und mal lag sie tagelang heulend im Bett. Ich habe sie gehasst, weil die ganze Arbeit an mir hängenblieb."

Toni ist sechs Jahre älter als Mutter, also nicht viel älter als Nora jetzt. Ich würde niemals solch einem kleinen Kind die Hausarbeit und die Versorgung von Babys überlassen.

„Das wusste ich nicht", hauche ich entsetzt.

Diese ganze seltsame Familiengeschichte ist mir einfach zu viel. Ich halte das nicht mehr aus und will ins Bett gehen.

„Du weißt vieles nicht", zischt Toni.

Sie kneift die Augen und Lippen zusammen.

„Muatta!", bittet Schorsch leise. „Sie kann ja nichts dafür."

„Und ob! Schau sie dir an!", ruft sie aus und zeigt auf mich. „Sie sieht blendend aus, aber mein Ferdl ist tot."

„Antonia!", mahnt Fred. „Quäl sie nicht! Sie hat den Ferdl geliebt."

„Alle Weibsbilder haben sich früher oder später davongemacht, nur *du* nicht."

Sie zeigt mit ausgestrecktem Arm auf mich.

„Wir sind froh, dass du wieder hier bist", sagt Fred und lächelt verstohlen. „Es ist für uns alle schwer, für Antonia besonders."

„Es ist vor allem ungerecht. Warum ausgerechnet mein Ferdinand? Warum nicht sie?"

Wieder zeigt sie auf mich. Fred schlägt mit der flachen Hand auf den Tisch.

„Antonia! Reiß dich zusammen!"

Ich muss hier weg, denke ich, bleibe aber sitzen und starre auf mein Glas, obwohl es dort nichts zu sehen gibt und nippe am Bier. Es schmeckt abscheulich. Lukas blinzelt mir zu. Ich blinzle zurück, doch mich befällt das ungute Gefühl, dass gleich eine Bombe platzt. Toni scharrt mit ihrem Pantoffel über den Teppich. Das Geräusch verursacht ein unangenehm pelziges Gefühl auf meiner Zunge. Sie sieht mich an, als sei ich Schmutz, den sie beiseite räumen muss. Mich blendet das Licht der Deckenlampe und ich schaue auf den Boden. Keiner spricht. Plötzlich knarrt ein Stuhl. Alle schauen erschrocken auf und gleich wieder zur Seite, um Tonis hartem Blick auszuweichen.

„Du hast ja keine Ahnung, was hier los war."

Toni schlägt die Hände vors Gesicht und schüttelt ihren Kopf.

„Die Polizei hat uns unzählige Fragen gestellt und dann die Obduktion angeordnet", erklärt Fred.

„Sie taten so, als wären wir schuld an Ferdinands Tod. Dabei hatten wir keine Ahnung und waren viel zu schockiert, um überhaupt Antworten zu finden. Ich wollte die Obduktion verweigern. Aber diese Schweine …"

„Antonia, meine Liebe. Du weißt doch, das das nicht geht." Fred wendet sich an mich. „Bei Selbsttötung ermittelt die Polizei und ordnet eine Obduktion an, die nicht verweigert werden kann."

„Aber warum?", frage ich.

„Um Fremdverschulden auszuschließen."

„Und das sehen sie, wenn sie Herz und Niere rausschneiden? Lebendig macht es meinen Ferdinand nicht mehr", zischt Toni und spuckt auf den Boden. Ihre Schultern zucken und aus ihrer Kehle krächzen seltsame Töne. Fred tätschelt ihre Hand.

Plötzlich richtet sie sich auf, wischt sich übers Gesicht und blafft mich scharf an: „Ich habe mich geopfert. Und wofür? Jetzt ist Ferdinand tot. Ich hätte ihn nicht annehmen dürfen. Das war mein größter Fehler."

Was meint sie mit *nicht annehmen dürfen*?

„Nein, es war kein Fehler. Ferdinand war uns eine Freude", flüstert Fred.

„War er nicht euer Sohn?", fragt Lukas.

Ich starre ihn entsetzt an. Was erlaubt er sich? Er gehört nicht zur Familie und maßt sich an, Fragen zu stellen, die sich keiner zu stellen wagt.

„Ferdl war unser Sohn", sagt Fred leise, schluckt, räuspert sich und schaut seine Frau liebevoll an. „Doch Antonia hat ihn nicht geboren. Wir haben ihn adoptiert."

„Adoptiert?", rutscht mir heraus.

„Kennt ihr seine Mutter?", will Lukas wissen und merkt nicht, wie peinlich er sich benimmt.

„Allerdings. Seine Mutter war Bettina."

„Betti? Mutters kleine Schwester?"

Ich begreife gar nichts mehr. Wieso wuchs Ferdl bei seiner Tante Toni auf, wenn doch Betti seine leibliche Mutter war?

„Genau die", zischt Toni.

„Wo ist sie überhaupt?"

„Wo schon? Auf dem Friedhof."

„Was macht sie dort? Es ist schon dunkel."

Toni lacht schrill.

„Sie liegt im Bett."

„Im Bett?"

Ist sie nun auf dem Friedhof oder im Bett?

„In ihrem allerletzten Bett. Nun ist Ruhe. Endlich!"

„Muatta!", flüstert Schorsch.

„Bettina starb im letzten Jahr." Fred klopft auf meine rechte Hand, die linke hat Lukas ergriffen und drückt sie fest. „Lass dich nicht von Worten täuschen! Antonia vermisst ihre Schwestern sehr."

Das glaube ich nicht. Sie ist eine böse Frau.

„Was genau ist passiert?", fragt Lukas, obwohl es ihn nichts angeht.

Ich bringe keine Silbe über die Lippen.

„Bettina hat sich von der Isarbrücke gestürzt. Kopfüber. Die Brücke ist nicht hoch, aber … naja, sie hat sich das Genick gebrochen und war sofort tot."

Betti ist tot? Wieso habe ich das nicht gespürt?

„Meine liebste Tante", murmle ich und fange an zu weinen.

„Tante?" Toni klopft mit der Hand gegen ihre Stirn. „Du dummes Ding!"

„Antonia! Jetzt ist es genug!", bestimmt Fred sehr leise, aber alle haben es gehört.

„Nein! Warum soll ich sie schonen? Wir tragen das Leid seit Jahren, seit Jahrzehnten und sie kommt mit zwei lachenden Kindern hereingeschneit, als wäre nichts geschehen. Es wird Zeit, dass sie alles erfährt." Toni kneift ihre Augen zusammen und beugt sich zu mir. „Bettina war nicht deine Tante.

144

Sie war deine Mutter. Hörst du? Deine *Mutter!*"

Triumphierend schaut sie mich an, als hätte sie einen Sieg errungen, während ich auf einmal keine Luft kriege, denn ein tonnenschwerer Stein drückt auf meine Brust. Ich will sofort zur Toilette und mich übergeben, doch meine Beine gehorchen mir nicht. Sie sind schwer wie Blei. Lukas reicht mir ein Taschentuch, das ich mir gegen den Mund drücke, bis endlich der Brechreiz nachlässt.

„Aber warum …?"

„Bettina konnte euch nicht versorgen", erklärt Fred.

„Euch?"

„Ferdinand ist dein Zwillingsbruder."

Ich schnappe nach Luft und mir laufen Tränen über die Wangen. Ich höre die Worte klar und deutlich, aber ich verstehe sie nicht.

„Damit ihr nicht ins Heim kommt, übernahm Toni den Jungen und du kamst zu …"

„Zu meiner Mutter", beende ich den Satz.

„Die eigentlich deine Tante ist", zischt Toni. „Wie gesagt, diese ganze Familie ist ein Irrenhaus. Ein Ausbund von Selbstmördern, getrieben von kranken Genen. Du hast sie auch geerbt."

„Nein!", schreie ich auf.

„Nein, du nicht", beruhigt mich Lukas und nimmt mich in seine Arme.

„Wie kannst du so etwas Böses sagen?", schimpft Fred.

„Ist doch wahr. Und was wahr ist, muss wahr bleiben."

Ferdl ist mein Bruder?, dröhnt es in meinem Kopf. Mein Zwillingsbruder! Ich spürte all die Jahre, dass wir zusammengehören, aber ich wusste nicht, dass er mein Bruder ist. Mein Leben wäre mit ihm ganz anders verlaufen. Auch seines. Wir hätten uns nicht verlassen und er wäre noch am Leben. Doch jetzt ist es zu spät. Alles ist schiefgelaufen. Alles hat ein falsches Ende genommen. Ich sitze wie versteinert zwischen all den Leuten und frage mich, was ich hier mache. Wann hat dieser Albtraum ein Ende?

„Wir wollten helfen", erklärt Fred. „Aber es hat nicht geholfen, sondern alle drei Familien zerstört."

„Wie konntet ihr es übers Herz bringen, Zwillinge zu trennen?", fragt Lukas.

„Toni wollte nicht zwei Kinder aufnehmen. Dein Vater, also der, bei dem du aufgewachsen bist", wendet er sich an mich, „wollte überhaupt keine Kinder und reagierte wütend, als er dich am Ende akzeptieren musste. Er hat sich von euch abgewandt und Trost bei anderen Frauen gesucht. Das hat deine Mutter, also ... du weißt, wen ich meine, nicht verkraftet."

Mir ist schwindlig. Mutter ... Tante ... Dolores. Dolores bedeutet Schmerz. Das hat sie mir einmal gesagt. Den Namen trägt sie, weil sie unter großen Schmerzen geboren wurde und ihr dieser Schmerz fürs ganze Leben mitgegeben wurde. Damals habe ich darüber gelacht, weil niemandem Kummer mit in die Wiege gelegt wird, schon gar nicht mit einem Namen. Jetzt ist mir klar, dass sie unglücklich war. Mir tut es in der Seele weh, dass ich erst jetzt begreife, warum Vater allein in den Urlaub fuhr und so oft auswärts übernachtete. Und ich glaubte all die Jahre, ich sei als Kind zu dreist gewesen und wäre schuld an Mutters Freitod und Vater hätte sich aus Kummer über ihren Tod eine andere Frau gesucht. Dabei war es ganz anders. Vater hat Dolores all die Jahre Stück für Stück verlassen, indem er ihr aus dem Weg ging. Ebenso wie mir.

„Er wollte nie Kinder", erklärte Fred noch einmal.

Mir wird klar, warum er sich nie mit mir beschäftigte. Er war nicht einmal freundlich zu mir.

„Jetzt im Alter hat er eine junge Frau und mit der zwei Kinder, die im Alter deiner Mädchen sind."

„Jetzt ist er ein guter Vater", erklärt Fred und nickt mir zu.

Soll ich mich etwa darüber freuen? Ich halte mir die Ohren zu. Aber es hilft nichts, weil die schrecklichen Worte trotzdem in meinem Kopf hämmern: Vater verlässt Mutter, weil er keine Kinder will, hat aber nun zwei; er ist nicht mein Vater, sondern ein Fremder und Mutter meine Tante; dafür ist Tante Betti meine Mutter und gestorben wie mein Cousin Ferdl, der eigentlich mein Bruder ist. Ich will nicht nachdenken, weil ich dieses Chaos sowieso nicht begreife.

„Betti liebte ihre Kinder. Doch sie konnte sich nicht um sie kümmern. Das war schlimm für sie, vor allem, weil sie euch nicht sehen durfte."

„Warum durfte sie uns nicht sehen?"

„Frag nicht so blöd!", zischt Toni. „Sie war krank, irre und ständig in einer Klinik. Die dumme Kuh hat sich selbst eingewiesen. Sonst hätte ich es getan."

Vielleicht war Betti gar nicht krank, sondern scheu, verzweifelt und depressiv.

„Antonia wollte nicht, dass sie einen schlechten Einfluss auf Ferdinand hat. Und Dolores ließ sie nur in eure Wohnung, wenn ihr Mann nicht daheim war. Es war eine schwere Zeit für alle."

Auch für mich, denn ich durfte nicht mehr mit Ferdl spielen. Ich erinnere mich, dass ich das nicht verstand und damals viel weinte. Doch irgendwann muss ich mich abgefunden und Ferdl vergessen haben.

Nach Mutters Tod sollte ich bei Toni wohnen. Doch ich wollte lieber zu Betti. Ob ich instinktiv spürte, dass sie meine Mutter war? Betti sagte, es ginge nicht, weil ihre Wohnung zu klein wäre. Außerdem sei sie krank und müsse wieder in die Klinik. Ich dachte, sie braucht Hilfe, weil sie ihre Schwester Dolores so schmerzlich vermisst. Das hat sie auch, doch das Problem war viel viel größer, wie ich jetzt weiß.

Ich war unglücklich. Mutter war gestorben und Vater kaum daheim, zu Betti durfte ich nicht und zu

Toni wollte ich nicht. Ich fühlte mich verlassen und lief ohne Abschied davon.

All das hat Betti vermutlich noch weniger verkraftet als ich und ging deshalb freiwillig in den Tod. Erst bei ihrer Beerdigung erfuhr Ferdl, dass Betti seine Mutter war. Von diesem Tag an kam er Sonntags nicht mehr nach Hause zum traditionellen Schweinebraten mit Knödeln und Sauerkraut. Er meldete sich überhaupt nicht mehr, auch nicht bei Schorsch und ging nicht mehr ans Telefon.

Bis eines Tages die Polizei vor der Tür stand und seinen Freitod meldete.

„Er hat wohl sehr getrauert und wurde diese Traurigkeit nicht mehr los", vermutet Fred.

Ich bin nicht traurig. Ich bin wütend und schreie so laut ich kann. Der Schrei erleichtert mich nicht, aber der Druck in meiner Brust lässt nach.

„Mami!" Anni steht barfuß in der Tür und weint.

Lukas nimmt sie hoch und dreht sich mit ihr hin und her.

„Mach dir keine Sorgen! Die Mami hat sich nur doll gestoßen. Aber nun ist alles wieder gut."

Nichts ist gut. Meine gesamte Vergangenheit ist erstunken und erlogen.

„Wo gestoßen?"

Ich halte Anni meinen Finger hin und sie pustet darauf. Lukas lächelt, aber mir sind alle Muskeln eingefroren. Mir schwerer Hand streiche ich sanft über Annis Haare.

„Gib der Mami einen Kuss! Ich bringe dich ins Bett und du kannst weiterschlafen."

„Warum habt ihr mich all die Jahre belogen?", will ich wissen.

„Weil es so vereinbart war. Außerdem erlischt bei einer Adoption jeder Anspruch der Ursprungsfamilie. Wir haben uns nur an die Gesetze gehalten."

Als ob sich Toni je um Gesetze geschert hätte.

„Und warum sagst du es jetzt?"

„Warum, warum? Das weiß ich nicht. Es ist mir nur so rausgerutscht."

Genauso brutal wird es Toni „rausgerutscht" sein, dass Betti Ferdls Mutter war. Das hat ihn schockiert und fortgetrieben. Für immer.

„Schluss jetzt!", verkündet Toni. „Ich habe gesagt, was zu sagen war. Mach damit, was du willst!"

Lukas räuspert sich. Dann fragt er, ob mein Vater bekannt ist.

„Nein. Den kannte vermutlich nicht einmal Bettina. Sie wurde schwanger, als sie mehrere Wochen in einer Klinik war und erinnerte sich nicht, ob sie sich mit einem Pfleger oder Patienten eingelassen hatte."

Das glaube ich nicht. Sie hat sich nur nicht ausgerechnet Toni anvertrauen wollen. Vielleicht hat sie es Dolores erzählt, aber die kann ich nicht mehr fragen, weil sie vor vielen Jahren gestorben ist.

Später lege ich mich zu Lukas auf den Boden und erzähle ihm leise, wie sehr ich Betti geliebt habe.

„Sie sah genauso aus wie meine Mutter", erkläre ich und merke, dass *sie* schließlich meine Mutter war. „Beide Schwestern hatten blonde Haare und blaue Augen und standen sich sehr nahe. Vater mochte Betti nicht. Deshalb kam sie nur zu uns, wenn Vater nicht daheim war."

Auch Ferdl war blond und hatte blaue Augen – wie ich. Er war mir auch vom Wesen her ähnlich, mein Zwilling. Leider habe ich das nicht gewusst. Doch ich hätte es merken müssen. Wenn ich es gewusst hätte, wäre ich dann zu Tante Toni gegangen, als Mutter starb?

Toni hat braune Haare und dunkle Augen. Jetzt ist mir auch klar, weshalb sie sich so deutlich von ihren Schwestern unterscheidet: sie hatte eine ganz andere Mutter.

„Auch unsere Mädchen sind verschieden", überlegt Lukas laut.

„Unsere?"

„Unsere. Nora ist blond wie du und Anni dunkel. Sehr dunkel."

„Was willst du mir damit sagen?"

„Nichts."

Prüfend schaue ich ihn an, erkenne aber in der Dunkelheit seine Mimik nicht.

„Nora kommt nach mir und Anni mehr nach ihrem Vater."

„War er Deutscher?"

Verblüfft beiße ich mir auf die Unterlippe. Was soll diese Frage? Woher will er wissen, dass Annis Vater ein Ausländer ist. Ihre Haut ist kaum dunkler als meine.

„Frag nicht so blöd! Ich habe dir alles erzählt und will nicht mehr über dieses Thema reden."

„Aber ich. Ich glaube ..."

„Halt den Mund!"

Was hat er mir sagen wollen? Obwohl es mir völlig gleichgültig ist, hätte ich es nun doch gern gewusst.

*****

Vater ist mit Frau und Kindern zur Beerdigung gekommen. Ein schwarzer Anzug schlackert um seinen Körper, als hätte er in letzter Zeit viel abgenommen. Ich gehe auf ihn zu und stelle ihm Lukas und meine Mädchen vor, doch er sieht mich nicht an.

„Wer ist das?", zischt eine Frau und zeigt auf mich. Sie dürfte etwa in meinem Alter sein.

„Constanze, das sind meine Tochter Hanna und ihre Kinder Nora und Anni."

Constanze mustert mich mit verkniffenem Mund von oben bis unten und wieder herauf.

„Hast du kein schwarzes Kleid?", fragt sie streng. Eine Antwort erwartet sie nicht, denn sie schimpft gleich weiter: „T-Shirts sind auf Beerdigungen unangemessen."

Warum? Ich halte mein dunkles Shirt, die schwarze Hose und darüber eine schwarze Strickjacke passend für eine Trauerfeier. Dafür trage ich keinen Schmuck, während Constanze mit Gold behangen ist wie ein Weihnachtsbaum. Auch ihr Kleid wirkt mit all der vielen Spitze am sehr tiefen Ausschnitt und an den Ärmeln übertrieben. Darüber trägt sie eine schwarze Pelzstola, was ich peinlich finde. Auch die kleine Dorothea trägt ein schwarzes Kleid, schwarze Strümpfe und Lackschuhe. Sie ist so alt wie Anni, will aber nicht mit ihr spielen.

Sie äfft ihre Mutter nach und fragt herablassend: „Hast du kein schwarzes Kleid?"

„Nein, nur ein rotes mit Blümchen."

Dorothea rümpft ihre Nase, während Anni etwas unsicher ihre dunklen Jeans und die blaue Bluse betrachtet. Nora trägt die gleiche Kleidung wie Anni und hockt sich neben die Babytrage, in der der kleine Florian liegt. Fast hätte ich gefragt, ob der Junge keinen schwarzen Anzug hat.

„Fass das Kind nicht an!", raunzt Constanze. „Oder hast du deine Hände desinfiziert."

Irritiert schaut mich Nora an und ich erkläre ihr, dass man zum Desinfizieren ein besonderes Mittel benötigt, weil Tante Stanzi das Waschen mit Seife nicht genügt.

„Ich heiße Constanze!", bellt sie. „Primitive Kürzel

verbiete ich mir."

Später in Kindergarten und Schule sind Kosenamen nicht mehr zu vermeiden. Dann wird Dorothea Doro oder Thea gerufen und Florian Flo. Und alle werden Constanze Conni oder Stanzi nennen.

„Wie heißen eigentlich deine Kinder richtig? Anna-Maria und Eleonore?"

„Nein. Anni heißt Anni und Nora heißt Nora. Ganz einfach."

„Äußerst schlicht."

Belustigt merke ich, dass sie ihre Nase genau wie ihre Tochter rümpft.

„Anni ist doch kein Name." Dann dreht sie sich zu Vater um und bestimmt: „Ludwig! Geh vor! Schau, dass wir in der ersten Reihe sitzen!" Damit ihr Auftrag auch richtig ausgeführt wird, wendet sie sich zusätzlich an Toni. „Antonia! Sorge dafür, dass wir in der ersten Reihe sitzen!"

„In der ersten Reihe sitzen Fred, Schorsch und ich und rechts Anni mit ihrer Familie. Du suchst dir weiter hinten einen Platz! Und pass auf, dass sich deine Kinder ruhig verhalten!"

Ich drehe mich zur Seite, damit die beiden Frauen nicht sehen, dass ich lachen muss. Vater ist nur angeheiratet und Constanze gehört noch weniger zur Familie. Ich dagegen bin Ferdls Schwester. Ferdl ist mein Bruder. Aber er lebt nicht mehr. Ich kann es noch immer nicht fassen, dass er tot ist und da vorn in einem Sarg liegt. Noch weniger begreife ich, dass Ferdl mein Bruder war und ich nichts davon spürte. Mit diesem Gedanken werde ich einfach nicht fertig.

Gern hätte ich ihn noch einmal gesehen, um richtig Abschied zu nehmen. Aber es war keine offene Aufbahrung. Vermutlich sieht er nach seinem Freitod nicht gut aus. Außerdem hat die Obduktion ihre Spuren hinterlassen.

Während des Leichenschmauses sitzt Constanze an der Stirnseite und lässt sich keinen anderen Platz zuweisen.

„Bleib ruhig sitzen!", gibt Toni nach. „Wer hier sitzt, ist die wichtigste Person …"

„Ich weiß", unterbricht sie.

„Nämlich derjenige, der die Zeche bezahlt."

„Du blöde Kuh!", zischt Constanze.

Ein feines Kleid aus Spitze macht noch keine feine Dame. Ihre laute Stimme ist bis ans Ende der Tafel zu hören. Constanze weist jeden Gast schroff zurecht, nur nicht ihre Tochter, die munter umherläuft und laut plappert. Wenn der Verstorbene ein alter Mensch gewesen wäre, hätte man sich über ein lustig spielendes Kind gefreut. Doch Ferdl ist nicht einmal dreißig Jahre alt geworden und die ganze Gesellschaft in tiefer Trauer. Es werden keine Erinnerungen ausgetauscht. Alle schweigen betroffen und hängen ihren traurigen Gedanken nach.

Als der kleine Florian nicht aufhört zu quengeln,

ruft Constanze nach der Bedienung und verlangt einen Babybrei der Firma Hipp.

„Gern."

Die nette Kellnerin stellt sich erwartungsvoll neben Constanze.

„Was ist?", blafft Constanze.

Die junge Frau lächelt, hält ihre Hand auf und fragt: „Wollten Sie mir nicht den Babybrei geben?"

„Ich?" Entrüstet schaut Constanze zuerst die Bedienung und dann Toni an. „Haben Sie nichts für ein Baby vorrätig?"

„Nein, tut mir leid."

„Wo bin ich nur hingeraten? Hast du meine Kinder vergessen?", raunzt sie Toni an. „Kein Babybrei und nur Kohl als Gemüse. Dorothea mag keinen Blumenkohl."

„Florian kann zerdrückte Kartoffeln und Brokkoli essen, auch etwas Fisch", schlage ich vor.

„Halt den Mund!", fährt sie mich an.

Wie konnte Vater an diese unwirsche Person geraten? Mutter war sanft und wirkte verträumt, als wäre sie ganz weit weg und nur selten da, wo sie gerade war. Sie wurde niemals laut oder gemein.

Auf dem Weg zum Auto fragt Nora: „Bleibt Ferdl jetzt in der Kiste und wird ganz tief unter der Erde vergraben?"

„Ja. Deshalb heißt es Be-Erdigung, weil der Verstorbene unter die Erde kommt."

„Das gefällt mir nicht."

„Mir auch nicht", stimme ich zu. „Aber vielleicht ist Ferdl längst im Himmel."

Ungläubig schaut mich Nora an.

„Er kommt in die Erde, ist aber längst im Himmel?" Ich nicke ihr zu und lächle, um vom schrecklichen Bild von Ferdl in einer Kiste unter der Erde abzulenken.

„Oh!" Nora schaut nach oben und ich folge ihrem Blick. „Das ist schön. Die Wolken sind bestimmt ganz kuschelig."

„Bestimmt", sage ich.

Mir gefällt die Vorstellung, dass Ferdl von einer Wolke zu uns herunter schaut. Ob es tatsächlich ein Leben nach dem Tod gibt? Oder ist das nur ein Märchen, um Kinder zu trösten? Manche Leute behaupten, dass die Seele des Verstorbenen von den Vorausgegangenen empfangen wird und im Jenseits, in ihrer eigentlichen Heimat weiterlebt. Dann würde Ferdl Betti treffen, seine leibliche Mutter. Was machen die Beiden dann? Unterhalten sie sich und lachen zusammen? Ich weiß es nicht und glaube es auch nicht. Schön wäre es trotzdem.

Chemnitz

„Ist das Sächsisch?", frage ich und zeige auf ein Plakat.

C the Unseen.

Lukas lacht und küsst mich auf die Stirn.

„C steht für Chemnitz, unser Kfz-Kennzeichen und Unseen wird Ansien gesprochen, ist Englisch und bedeutet ungesehen, unsichtbar, unbemerkt."

„Aber warum?"

„Das ist unser Slogan für die Kulturhauptstadt."

„Unbemerkt? Das halte ich für absolut *unpassend.* Warum wirbt die Stadt damit, dass sie unsichtbar ist?"

„Das ist ein Wortspiel und soll bedeuten, dass man die ungesehenen Seiten der Stadt entdecken soll."

„Das verstehe ich nicht. Warum unsichtbar und warum überhaupt auf Englisch?"

„Es geht um die Kulturhauptstadt von ganz Europa und muss international sein. Wir wollen auf der ganzen Welt verstanden werden."

„Verstanden, aber unbemerkt und unsichtbar?" Ich fasse an meine Stirn. „Jeder würde es verstehen, wenn euer Spruch *Chemnitz entdecken* heißt."

Auf dem nächsten Plakat steht *Nice to C you.* So viel Englisch verstehe ich und beim lauten Lesen kapiere ich auch, dass das C für Chemnitz als das englische see für sehen steht. Wer denkt sich diesen Quatsch aus? Bei *Schön, dich zu sehen* würde ich mich viel eher angesprochen fühlen. Oder sollen sich nur die Besucher aus fremden Ländern angesprochen fühlen und nicht die Einheimischen?

*****

„Anni ist zwei Jahre alt – genau wie der kleine Junge, den dieser Afghane ermordete."
Ich denke an seine verzweifelten Eltern und dass sie jetzt ohne ihr Kind weiterleben müssen. Sofort kommen mir die Tränen.
„Das Motiv ist noch nicht bekannt", wendet Lukas ein.
„Motiv? Du fragst nach einem Motiv?" Mir bleibt vor Entsetzen der Mund offen. „Es gibt keinen einzigen Grund dafür, durch die Straßen zu rennen und auf Kinder einzustechen."
„Kinder? Es war nur eins."
„*Nur* eins?" Ich merke, wie mir Hitze in den Kopf steigt. „*Nur* eins?", wiederhole ich. „Das eine Kind ist genau ein Kind zu viel. Er hat auch ein zweijähriges Mädchen schwer verletzt und die beiden Männer, die sich dazwischen warfen, um die Kinder zu schützen. Der eine Mann ist sogar an den Messerstichen gestorben."
„Ich werde auf jeden Fall zur Demo gehen", verkündet Lukas.
„Ein Trauermarsch?"

„Nein, eine Demo gegen Rechts."

„Ich meine jetzt die Bluttat in Aschaffenburg."

„Ich auch."

Fassungslos starre ich Lukas an und frage, was das eine mit dem anderen zu tun hat. Ich hätte es verstanden, wenn er gegen die Flüchtlingspolitik demonstriert.

„Vermutlich hätte die AfD diesen Mann gar nicht ins Land gelassen und würde ihn jetzt sofort ausweisen. Ich muss meine Papiere immer dabei haben. Warum gilt das nicht für die Flüchtlinge?"

„Moment! Bist du etwa ein Nazi?"

„Was bin ich?" Fassungslos starre ich ihn an. „Ich will nur, dass solche Leute hier nicht leben dürfen. Du dagegen demonstrierst gegen dein eigenes Land und fühlst dich noch gut dabei."

„Die Medien empfehlen, sich von einem Partner mit rechter Gesinnung zu trennen", sagt er unvermittelt.

„Was meinst du mir rechter Gesinnung? Die richtige?"

Wütend blitzt mich Lukas an.

„Du verstehst mich sehr wohl und bist schlimmer als ich dachte."

„Nichts verstehe ich."

„Stell dich nicht dümmer als du bist!"

Diesen Satz kenne ich. Robert benutzte ihn oft, weil ich ungebildet bin.

„Hanna, deine Einstellung macht mir Sorgen. Ich

möchte nicht mit einem Nazi leben und Kuchen für seine Kinder kaufen."

„Dann geh doch! Hau ab!"

Ich schließe mich in der Schlafstube ein, werfe mich aufs Bett und kann nicht mehr aufhören zu weinen. Lukas geht nicht gegen die Menschen vor, die dieses Verbrechen möglich machten. Er will stattdessen gegen Rechts demonstrieren. Welchen Zusammenhang sieht er? Das begreife ich nicht, weil es dafür keinen Zusammenhang gibt. Er greift aus heiterem Himmel einen Sündenbock heraus, der mit der grauenhaften Tat nichts zu tun hat.

Es klopft an der Tür.

„Hanna! Mach auf! Wir müssen reden!"

Ja, wir müssen reden. Aber worüber? Über meine Angst, dass meinen Mädchen hier in Chemnitz die gleiche Gefahr droht wie den Kindern in Aschaffenburg, Magdeburg oder München? Er weiß doch, dass die AfD alle kriminellen Flüchtlinge ausweisen will. Genau das will auch ich. Politik hat mich noch nie interessiert und interessiert mich auch heute nicht. Ich will einfach nur in Ruhe leben und sicher sein, dass es meinen Kindern gut geht. Lukas will meinen Mädchen keinen Kuchen mehr kaufen, weil ich ein Nazi bin und man sich von einem Partner mit falscher Gesinnung trennen soll. Aber ich bin doch der gleiche Mensch wie gestern. Will er mich verlassen? Mich packt die Angst und ich weine weiter. Was habe ich denn Schlimmes über den

Messerstecher gesagt? Will er darüber mit mir reden? Im Grunde haben wir schon viel zu viel geredet, weil Lukas nichts anderes tut als reden. Er *zer*-redet alles.

„Worüber willst du reden?"

„Über deine Arbeit, deine Zukunft, unsere Zukunft."

Meine Arbeit und *unsere* Zukunft? Haben wir eine Zukunft? Ich weiß nicht, ob ich eine Zukunft mit Lukas will. Ich will aber auch keine Veränderung, weil ich keine Veränderungen mag. Alles soll so bleiben wie es ist.

„Komm! Ich habe Kaffee gemacht."

Die Sachsen trinken ebenso gern Kaffee wie wir Bayern. Ich bin eine Ausnahme, weil ich Tee bevorzuge. Auch am Abend trinke ich lieber Wein, während die Sachsen genauso wie die Bayern Biertrinker sind. Tee soll gut gegen Rheuma und Karies sein, aber Lukas sagt, Kaffee beugt Alzheimer vor und hilft gegen Diabetes und Gicht. Deshalb kocht er für mich Kaffee, obwohl ich das nicht will.

„Ich mag keinen Kaffee!", rufe ich durch die Tür.

„Doch! Ich habe Ziegenmilch gekauft. Die ist bekömmlicher als Kuhmilch und tut dir gut."

Lukas weiß besser als ich, was gut für mich ist. Ich habe aufgegeben, mich dagegen zu wehren, weil es nur lange Diskussionen nach sich zieht. Auch jetzt gebe ich nach und setze mich zu Lukas an den Tisch.

*****

Ich habe mir das Wahlprogramm der AfD besorgt, um zu verstehen, was an ihnen so gefährlich ist. Gut finde ich, dass sie die Grenzen schützen und das Asylrecht verschärfen wollen. Täter, die Kinder missbrauchen, sollen härter als bisher bestraft werden, während die aktuelle Regierung genau diese Strafen senken will. Von Steuern und Energiepreisen verstehe ich nichts. Allerdings gefällt mir nicht, dass Bürgergeldempfänger wie ich wieder arbeiten gehen sollen. Trotzdem wähle ich im Februar die AfD wie nahezu jeder Dritte in Chemnitz. Deshalb glaube ich, dass die beiden stärksten Parteien zusammen regieren werden. Zumindest wollen das die Wähler. Doch im Grunde ist es mir gleichgültig, da ich eigentlich keine Veränderungen mag. Die wird es sowieso nicht geben, weil sich wie während der letzten Jahre wieder die gleichen Parteien zusammentun und regieren, obwohl die Menschen unzufrieden mit der Regierung sind und deshalb Neuwahlen nötig waren.

*****

Sommerzeit! Ich hasse diese unsinnige Zeitumstellung. Abends wollen die Mädels nicht ins Bett und morgens nicht aufstehen. Ich lasse sie ausschlafen. Das heißt, ich muss mich anziehen und sie später selbst in den Kindergarten bringen, was sonst Lukas übernimmt. Mir macht diese eine Stunde keine Probleme, aber Anni wirft sich jeden Nachmittag auf den Boden und strampelt schreiend mit den Füßen und Nora weint oft. Ich bin mir sicher, dass es an der Zeitumstellung liegt. Es wird mindestens zwei bis drei Wochen dauern, bis die kleinen Kinderkörper sich umgewöhnt haben.

Lukas ist zwei Tage daheim, weil der Kindergarten geschlossen ist – die Mitarbeiter streiken. Ich halte überhaupt nichts von Streik. Uns geht es finanziell gut und wir haben keine Erpressung nötig. Lukas erhält schon während der Ausbildung eine stattliche Summe. Sein Gehalt wird anfangs doppelt so hoch sein und danach schnell mehr werden. Als Mann wird er noch schneller *noch* mehr verdienen. Ein Glück, dass ich keine monatlichen Gebühren für den Kindergarten zahlen muss, denn ich zahle nicht gern für eine Leistung, die gar nicht erbracht wird. Das finde ich schon während der Ferien-Schließzeiten nicht in Ordnung.
Meine Nachbarin arbeitet im Supermarkt, ihr Mann ist Busfahrer. Sie holen sich einfach einen Krankenschein, um daheim bleiben zu können und auf ihre Kinder aufzupassen, wenn gestreikt wird. Auch andere Firmen müssen deshalb auf ihre Mitarbeiter verzichten und sie bezahlen, obwohl sie nichts tun und auch nichts dafür können, dass der Kindergar-

ten geschlossen ist. Nicht so einfach haben es die Müllmänner, die heute weder das Papier noch die gelbe Tonne abholten. Das heißt, sie werden ihre Arbeitsverweigerung am Wochenende nacharbeiten müssen.

*****

„Haben Sie schon gehört? Die Richters sind weg", berichtet eine Nachbarin aufgeregt.

„Weg?"

„Ja, ich habe sie vorgestern mit zwei Koffern im Haus getroffen und gefragt, ob sie in den Urlaub fahren." Die Frau beugt sich vor und flüstert vertraulich. „Wissen Sie, was die geantwortet haben?" Gespannt schaut sie mich an. Ich schüttle den Kopf.

„Sie wandern aus! Nach Costa Rica!"

Ich habe keinen blassen Schimmer, wo das Land liegt. Vielleicht in Spanien.

„Sie haben ein Haus direkt am Pazifik gemietet, wo es nicht so viel regnet wie an der Karibikseite und immer schön warm ist."

Karibik und Pazifik. Wie immer, wenn ich etwas nicht weiß, gebe ich die Begriffe ins Handy ein und sehe, dass Costa Rica in Mittelamerika liegt.

„So weit weg!", rufe ich aus und halte der Nachbarin mein Handy hin. „Dort möchte ich nicht leben."

„Sie mussten nur nachweisen, dass Herr Richter eine monatliche Rente von über tausend Dollar erhält. Wie viel seine Frau erhält, wurde nicht einmal gefragt. Dabei hat sie als ehemalige Lehrerin fast doppelt so viel Rente wie ihr Mann." Vielsagend nickt mir die Nachbarin zu. „Richters müssen nicht einmal Spanisch können, weil sie in ein deutsches Dorf ziehen. Stellen Sie sich das mal vor! Dort sprechen alle Deutsch. Auch die Handwerker und Ärzte."

Warum gehen sie dann ins Ausland, wenn sie sich zwischen Deutschen wohlfühlen? Das können sie in Chemnitz viel einfacher haben.

„Herr Richter ist schon über achtzig Jahre alt und hat einen Herzschrittmacher."

„Ist das nicht riskant so in der Fremde?"

Vermutlich sind die Menschen in Mittelamerika sehr arm und haben keine hohe Lebenserwartung.

„Überhaupt nicht. Das Land hat ein besseres Gesundheitssystem als die USA und die Krankenkasse kostet nur hundert Dollar im Monat."

Ich weiß nicht, ob ich das glauben kann. Wenn ich Dokumentationen sehe, merke ich mir die Namen der Länder nicht und weiß nur, dass es in Mittelamerika Meer, Palmen und wilde Tiere gibt. Die Menschen hausen in einfachen Holzhütten, Kinder laufen barfuß herum. Trotz Kriminalität und Korruption scheinen sie zufrieden und sitzen gemütlich vor ihren Häusern.

„Für mich wäre das nichts", fasse ich zusammen.

„Für mich schon. Mein Mann ist ganz neidisch auf die Richters und will auch nach Costa Rica auswandern, sobald er in Rente ist. Das dauert noch gut sechs Jahre, falls das Rentenalter bis dahin nicht erhöht wird. Richters haben versprochen, mir zu schreiben, wie es da so ist. Falls man tatsächlich mit dreitausend Euro Rente einen besseren Lebensstandard genießen kann als hier, werden wir auf jeden Fall auswandern."

„Und Ihre Kinder? Sie werden sie dann gar nicht mehr sehen."

„Ach, die Große lebt mit ihrer Familie in Hannover, die Kleine in Hamburg. Sie kommen nur einmal im Jahr vorbei. Ihren Urlaub verbringen sie in Florida, Thailand oder Japan. Da können sie auch mal nach Costa Rica fliegen."

„Da haben Sie Recht", stimme ich zu.

*****

„Anfang August hat Nora Schulanfang. Gehst du dann wieder arbeiten?", erkundigt sich Lukas.

„Wie kommst du darauf?"

„Dann hast du Zeit für eine gut bezahlte Arbeit."

„Ganz im Gegenteil. Nora wäre bereits zum Mittag daheim."

„Wir schicken sie nachmittags in einen Hort, wo sie ihre Hausaufgaben macht. Dann könntest du ganztags arbeiten."

Warum sollte ich das tun? Mir geht es gut so wie es ist.

„Oder du könntest im Homeoffice arbeiten. Den Computer stellt die Firma."

„Ich kenne mich mit Computern gar nicht aus."

„Aber du bist IT-Manager!"

Verflixt, das hätte ich fast vergessen. Ich überlege blitzschnell eine Antwort.

„Du weißt, dass ich auf ein bestimmtes Programm einer Firma trainiert wurde. Intern. Verstehst du?"

„Technik und Software sind dir trotzdem vertraut."

„Eben nicht!"

Lukas runzelt die Stirn und schaut mich ungläubig an, während ich krampfhaft überlege, was ich jetzt sagen oder machen soll.

„Ich möchte so lange wie möglich für meine Kinder da sein. Verstehst du? Ich will es besser machen als meine Mutter."

„Aha. Das passt zu der Partei, die dir offenbar zusagt. Die Frau gehört ins Haus und an den Herd."

„Welche Partei denn? Ich interessiere mich nicht für Politik. Das weißt du doch."

„Diese Tradwife-Bewegung wird in einem halben Jahr vergessen sein."

Verwirrt zucke ich mit der Schulter, weil ich davon noch nie etwas gehört habe und außerdem kein Englisch beherrsche.

„Was für eine Bewegung?", hake ich nach.

„Tradwife. Traditional wife, traditionelle Ehefrau. Diese Frauen geben sich bewusst in die Rolle der Hausfrau und Mutter. Das ist heute längst veraltet. Die moderne Frau steht auf Selbstverwirklichung. Du nicht?"

„Ich muss mich nicht selbst verwirklichen, weil ich schon ich selbst bin. Und das kann ich daheim bei meinen Kindern weit besser als in einer fremden Firma."

„Weißt du überhaupt, was du da redest?", empört sich Lukas. „Und Geld? Geld interessiert dich wohl nicht?"

„Nein. Ich habe noch nie viel Geld besessen und bin bis jetzt gut zurecht gekommen."

„Klar, mit meiner Hilfe."

Lukas klopft sich auf die Brust und reckt sich. Dann beugt er sich nach vorn und tippt mit seinem Finger derb gegen meine Schulter. Erschrocken zucke ich zurück.

„Ist dir nicht klar, dass ich einen großen Teil zu *deinem* Lebensunterhalt beitrage?", fragt er drohend.

„Du kaufst für *uns* ein, also nicht nur für mich und die Kinder, sondern auch für dich. Im Ausgleich dazu sparst du die Kosten für die Miete, weil diese das Amt zahlt."

„Weil du mich noch immer nicht als deinen Lebensgefährten angegeben hast. Das wird noch mal richtig Ärger geben."

„Du hast gesagt, du bist noch bei deinem Freund gemeldet und es weiß keiner, dass du hier lebst."

„Du hast gesagt", äfft mich Lukas nach. „Kannst du nicht selbst denken? Außerdem fliegt der ganze Schwindel sowieso auf, weil mein Freund umzieht und ich mich ummelden muss."

Lukas schaut mich vorwurfsvoll an, als wäre ich für seine Ummeldung zuständig.

„Meine Studienzeit endet im wenigen Wochen und ich bekomme Gehalt."

„Das ist doch gut", stottere ich leise, bin aber in Gedanken immer noch bei der Ummeldung.

Lukas und ich leben seit gut zwei Jahren zusammen.

„Dann steht dir kein Bürgergeld mehr zu."

„Wieso?", frage ich, obwohl ich die Antwort kenne.

„Weil wir zusammen leben, mein Gehalt angerechnet wird und wir für die Miete selbst aufkommen müssen."

Das bedeutet, wir haben dann trotz seines hohen Gehalts weniger Geld als jetzt, wenn mir das Bürgergeld für mich und die Kinder, die Miete und der Beitrag für die Kita gestrichen wird. Dann bin ich voll auf das Geld von Lukas angewiesen und direkt von ihm abhängig, was mir überhaupt nicht passt.

„Was schlägst du vor?"

„Du solltest dir endlich eine Arbeit suchen."

Auf einmal wird Lukas konkret. Seit er bei mir lebt, hat er nur allgemein gelabert und endlos diskutiert.

Mit meiner Stütze und seinem Lehrgeld kamen wir gut über die Runden. Jetzt langt es ihm nicht mehr und ich soll dazuverdienen.

„Voll arbeiten werde ich nie!"

Ich denke an meine Schulfreundin Franzi. Die Mutter war immer daheim, kochte und hatte Zeit für ihre Kinder, während der Vater arbeiten ging und das Geld für die Familie verdiente. Meine Eltern hatten keine Zeit für mich. Sie fühlten sich in ihren Instituten wohler als daheim. Ich will, dass es meinen Kindern so geht wie Franzi und nicht so wie mir.

„Auch du musst dich einbringen!", verlangt Lukas energisch.

„Was meinst du mit einbringen? Ich will für meine Kinder da sein."

„In der Computerbranche verdient man so gut, da kannst du auch verkürzt arbeiten."

„Ich will nicht am PC versauern."

„Was willst du dann machen? Als Küchenhilfe oder Putze ein paar Kröten verdienen? Zehn oder zwölf Euro die Stunde?"

Lukas kann nicht wissen, dass ich Hauswirtschafterin bin. Ich habe ihm nie davon erzählt und werde es auch nie tun.

Trotzig sage ich: „Warum nicht? Arbeit ist Arbeit."

Doch vorerst ist es noch nicht soweit.

Urlaub

Im Juli hat die Kita Sommerschließzeit und Lukas Urlaub. Schon am zweiten Tag nervt er mich, weil er nur herumsitzt und auf seinem Handy daddelt. Überhaupt ertrage ich Lukas in letzter Zeit nicht mehr. Sein Körper riecht anders als früher. Und sein langer Pferdeschwanz wirkt ungepflegt.

„Soll ich dir mal die Haare schneiden?", schlage ich vor.

„Warum?"

Kurz schaut Lukas hoch, doch gleich darauf wieder auf sein Handy. Das macht mich wütend.

„Weil du mit kurzem Haar besser aussehen wirst."

Lukas lacht leise.

„*Noch* besser?"

Soll ich ihm sagen, dass mir im Moment nichts einfällt, was ich schön an ihm finde? Der gedrungene Körper mit den runden Schultern, dem Stiernacken, runden Bauch und kurzen dicken Beinen hat mir noch nie gefallen. Auch nicht die wulstigen Lippen und wasserblauen Augen. Rote Haare weisen angeblich auf einen feurigen Charakter, doch Lukas ist nicht feurig, nur nervig und langweilig.

Eigentlich habe ich Lukas nie geliebt. Er hat mich aufgefangen, als ich damals unglücklich und einsam war. Dafür war ich dankbar. Doch Dankbarkeit ist keine Basis für eine Beziehung, jedenfalls nicht auf Dauer. Ich mag ihn, aber ich liebe ihn nicht.

„Ich finde Männer mit langen Haaren albern."

„So plötzlich?"

„Schon immer."

„Schon immer?", fragt er und zieht ungläubig die Augenbrauen hoch. „Du hast es nie gesagt."

„Nein." Ich habe vieles nicht gesagt. „So ein langer Pferdeschwanz zeugt von Faulheit und sieht ungepflegt aus."

Lukas lacht. Dann schaut er mich ernst an.

„Du irrst dich. Nur unangepasste intellektuelle Freigeister tragen eine Man Bun."

„Man Bun", wiederhole ich und verziehe den Mund.

„Du bist gar nicht unangepasst, sondern konservativ."

Fast hätte ich noch langweilig hinzugefügt. Und für besonders intelligent halte ich ihn auch nicht.

„Mal ohne Quatsch: Diese Frisur ist nicht nur praktisch, sondern zeigt vor allem meine soziale Einstellung. Daran erkennt jeder, dass ich mich gern um andere kümmere und sehr zuverlässig bin."

Solch eine himmelschreiend abartige Begründung habe ich noch nie gehört und schon gar nicht von Lukas, der sich normalerweise vorsichtig und zweideutig ausdrückt.

„Und das erkennt man an einem zotteligen Pferdeschwanz? Du spinnst!"

„Ich finde Papas Haare schön", meldet sich Nora und versucht, einen Zopf aus den langen Loden zu flechten.

„Lukas ist Lukas und kein Papa!", fahre ich Nora an.

„Ich will aber einen Papa!"

„Ich auch", stimmt Anni ein.

„Siehst du, die Mädchen mögen meine Haare und sie mögen mich." Lukas wirft die Arme hoch. „Du bist eindeutig überstimmt. Ich bin der Papa und behalte meine wunderbare Frisur."

„Jaaa!", kreischen die Mädchen und klatschen in die Hände.

„Was ist los mit euch? Seid ihr alle drei verrückt geworden?"

„Jaaa!", rufen alle drei.

Nun muss ich lachen und mein Ärger verfliegt.

„Kommt an den Tisch! Es gibt Pfannkuchen."

„Plinsen!", schreit der Chor.

Wieder muss ich lachen.

„Also gut. Es gibt Plinsen mit Apfelmus."

„Wascht euch bitte zuerst die Hände!", fordert Lukas.

Ich verdrehe die Augen und merke wieder, dass ich diesen Mann und seine Art nicht mag. Sofort stürzen die Mädchen brav ins Bad und wedeln anschließend mit ihren Fingern vor Lukas Gesicht.

„Das habt ihr fein gemacht", lobt er, was ich völlig überflüssig finde.

„Ich habe eine Überraschung für euch", verkündet Lukas und sieht uns bedeutungsschwer an.

„Üraschung! Üraschung!", freut sich Anni.

„Ü-ber-raschung heißt das", korrigiere ich.

„Sie ist noch klein. Das lernt sie schon noch."

„Aber nicht von allein", gebe ich zurück und merke, wie meine Wut wieder hochkocht, weil sich Lukas in meine Erziehung einmischt und zwar immer anders, als ich es für richtig empfinde.

Zum Beispiel fragt er die Mädchen: „Kommt ihr mit raus?"

„Jaa!", schreit Anni, während sich Nora in ihr Zimmer verzieht.

Was erreicht er damit? Geht er allein mit Anni, weil nur sie zustimmte? Oder will er Nora mit vielen unsinnigen Erklärungen überzeugen? Mir wäre das nicht passiert.

Ich hätte gesagt: „Zieht eure Schuhe und Jacken an! Wir gehen raus", weil Kinder mit klaren Ansagen am besten zurecht kommen.

Lukas mag auch keine festen Essenszeiten. Seiner Meinung nach sollte jeder essen, wann und was er möchte und nicht mit allen am Tisch sitzen müssen. Das hat für mich nichts mit Lebensqualität zu tun, sondern nur mit primitiver Nahrungsaufnahme.

Ich hasse es, wenn er mit seinem modernen Getue meine Regeln zerstört und die Mädels verwirrt, und dulde es doch immer wieder.

„Wir werden am Samstag alle zusammen in den

Urlaub fahren."

Die Mädchen springen von ihren Stühlen auf und hüpfen wie wild umher, obwohl sie gar nicht wissen, was Urlaub ist.

„Ich habe auf Rügen eine Ferienwohnung direkt am Meer gebucht. In Sassnitz."

Stolz schaut er mich an und ich blicke finster zurück. Ich bin fassungslos. Was denkt er sich dabei? Vermutlich nichts.

„Ohne vorher mit mir zu sprechen?"

„Dann wäre es keine Überraschung."

„Ich hasse das Meer. Das weißt du."

„Niemand hasst das Meer. Du auch nicht."

„Ich auch nicht", echot Nora.

„Ich auch nicht", stimmt Anni ein.

Die Kinder kennen das Meer überhaupt nicht.

Deshalb erkläre ich: „Ein Meer ist nur Wasser, entsetzlich viel Wasser, überall nur Wasser."

„Darin kann man planschen und im Sand Burgen bauen", ergänzt Lukas.

„Ich will im Wasser planschen und Burgen bauen", fordert Nora.

„Ich auch. Planschen."

„Ich nicht!", zische ich und werfe Lukas einen bitterbösen Blick zu. „Ich hasse den Sommer. Schon als Kind mochte ich diese stickig flimmernd heiße Luft nicht. Hitze macht die Menschen aggressiv."

„Dich auf jeden Fall."

„Dich macht sie träge", gebe ich zurück. „Im Som-

mer gibt es deshalb die meisten Scheidungen."
Genau. Im Sommer endeten alle meine Beziehungen. Im Sommer starb Mama, im Sommer ging ich nach Grafing und verlor Birger aus den Augen, Robert trennte sich von mir, als ich schwanger wurde und ich verließ Navid – immer im Sommer.
„Das kann nicht stimmen, weil *alle* Menschen den Sommer und die Sonne lieben."
„Ich nicht! Der Sommer ist heiß und viel zu laut. Motorräder, Rasenmäher und am Abend Gestank von den Grillplätzen."
„Ich will die liebe Sonne!", quietscht Anni.
„Im Winter gibt es auch Sonne", entgegne ich. „Da glitzert der Schnee ganz wunderbar."
„Bäh!", macht Anni.
„Im Winter sind alle Geräusche gedämpft, leiser und angenehmer und die Luft ist klar. Außerdem seid ihr im Winter geboren, alle beide. Deshalb mag ich den Winter besonders gern."
Das stimmt nicht ganz, denn meine Lieblingsjahreszeit ist der Herbst mit seinen freundlich bunten Farben. Und ich zog im Herbst nach Chemnitz, wo ich mich wohl fühle.
„Was hast du? Freu dich doch mal!", fordert Lukas.
Ich kann mich nicht freuen. Ich bin außer mir vor Zorn und gleichzeitig spüre ich Angst. Ausgerechnet Ostsee und ausgerechnet Rügen. Dort wohnt Birger. Ich weiß nicht, wie viele Einwohner Sassnitz hat. Aber falls Birger tatsächlich noch dort

wohnt, könnte ich ihn treffen und das wäre eine Katastrophe. Denn er kennt meine Vergangenheit und wird alles zerstören, was ich mir während der letzten drei Jahre mühevoll aufgebaut habe.

Ich rufe Olli an und erzähle ihr, dass Lukas Urlaub auf der Insel Rügen gebucht hat.

„Ist doch toll!", jubelt sie.

„Dort wohnt Birger."

„Na und? Dann geht ihr zusammen einen Kaffee oder ein Glas Wein trinken und schwelgt in Erinnerungen."

Olli hat keinen blassen Schimmer, warum ich nicht mit Birger in Erinnerungen schwelgen kann. Sie kennt zwar die wirklichen Väter meine Töchter, aber sie kennt nicht die Geschichte von meinem angeblichen Leben in Kirgisien und meinem toten Mann, die ich Lukas und allen anderen aufgetischt habe. Sie weiß nicht, dass keiner weiß, dass ich nur eine Hauswirtschafterin bin und kein Computer-Experte.

„Ich kann es dir nicht erklären, aber es wäre eine Katastrophe, wenn ich Birger treffe."

„Nanu? Hast du etwas Gemeines getan?"

„Nein."

Lügen sind nicht gemein. Lügen, die niemandem schaden, machen das Leben angenehmer. Nicht nur für mich, sondern für die anderen auch.

„Wo liegt das Problem?"

„Lukas weiß nicht, dass ich nur Hauswirtschafterin bin."

„Dann wird es Zeit, dass du es ihm sagst."

„Das geht nicht. Er denkt, dass ich IT-Manager bin."

„Ein Hochstapler bist du und dumm dazu. Was ist an einem Computerfuzzi besser als an Hausarbeit? Bist du gar nicht stolz auf deine Ausbildung?"

„Du etwa?"

„Und wie! Ich werde im ganzen Haus gebraucht, weil meine Arbeit wichtig ist. Jeder ist überaus freundlich zu mir. Ich bekomme sogar ab und zu Pralinen geschenkt, während die EDV-Tante immer Ärger hat, weil mal der Drucker nicht geht oder die Telefonanlage spinnt oder das Programm einen Aussetzer hat. "

Theoretisch klingt das gut, aber in der Praxis sieht das anders aus. Niemand wird mich achten, wenn ich die Wahrheit sage.

„Du bist wirklich blöd zu behaupten, dich mit Computern auszukennen. Das fliegt früher oder später auf. Denn jeder hat Ahnung von der Technik, sogar ich. Nur du nicht."

Ich weiß. Mir fuhr der Schreck in die Glieder, als mir Lukas Homeoffice als PC-Experte vorschlug und ich sagte, dass ich davon nichts verstehe. Er hat mich derart fassungslos angestarrt, dass ich mich gleich im Klo einschloss und hoffte, dass er das Thema schnell wieder vergisst. Jedenfalls kann ich jetzt nicht einfach gestehen, dass ich nur eine Hauswirtschafterin bin.

„Lukas hält Putzen und Kochen für minderwertig."

Genau wie Robert, der mich deshalb verspottete.

„Vermutlich bist du selbst daran schuld, weil du ihm nicht die Wahrheit gesagt hast."

Olli kann leicht reden. Sie sitzt nicht in der Klemme wie ich.

„Die schlimmste Wahrheit ist immer noch besser als die freundlichste Lüge."

So pauschal kann man das nicht sehen. Schon gar nicht in meinem Fall. Oft ist die Wahrheit gar nicht zumutbar, während es sich mit einer harmlosen Schwindelei erheblich leichter lebt.

„Da ist noch was, oder?"

Ich nicke, obwohl Olli das nicht sehen kann. Soll ich ihr wirklich alles beichten? Dann bin ich es los, aber sie wird nicht mehr meine Freundin sein wollen.

„Ich habe Lukas erzählt, dass der Vater von Nora und Anni gestorben ist", gestehe ich.

„Das war unklug. Spätestens, wenn die Mädchen ihre Geburtsurkunde sehen, fliegt der Schwindel auf."

„Nichts fliegt auf. In den Geburtsurkunden steht *Vater unbekannt*."

„Bist du noch ganz bei Trost?", ruft Olli aus. „Deine Kinder haben ein Recht darauf, ihren Vater kennenzulernen."

„Dein Sohn kennt seinen Vater auch nicht. Du hast mich erst auf die Idee gebracht, den Vater zu verschweigen."

„Das stimmt so nicht, weil ich den Erzeuger nicht kenne. Das heißt, ich kenne den Burschen, aber ich weiß nicht, welcher von meinen Freunden der Samenspender war. Aber du weißt, dass Robert der Vater von Nora ist."

Vater, denke ich verächtlich. Er war nie ein Vater und wollte nie einer sein.

„Du hättest ihn zur Verantwortung ziehen müssen, seinen Namen in der Geburtsurkunde eintragen lassen."

„Er hat mir gedroht, wenn ich es tue. Das weißt du doch."

„Na und? Einem Vaterschaftstest hätte er zustimmen müssen, wenn das Gericht ihn anordnet."

„Und dann hätte er mich in Ruhe gelassen? Das glaubst auch nur du."

Robert hätte mir aufgelauert, mich verprügelt und in der ganzen Gegend unmöglich gemacht. Ich hätte mich nirgendwo mehr sehen lassen können.

„Und warum hast du Navid nicht als Vater von Anni angegeben? Ich verstehe das nicht. Araber lieben ihre Kinder."

„Perser sind keine Araber", belehre ich sie.

„Ist ja wurscht. Jedenfalls bist du einfach weggelaufen."

„Jetzt ist es nicht mehr zu ändern", murmle ich.

Was hätte ich tun sollen? Damals sah ich keine andere Möglichkeit. Robert hat mich mit seiner Drohung eingeschüchtert. Ich hatte Angst.

Navid hätte Anni anerkannt, sie seiner Familie vorgestellt und Alimente gezahlt. Doch ein Leben als Zweitfrau hätte ich nicht ausgehalten. Vielleicht hätte Navid sein Kind sogar entführt. Es gibt viele solcher Geschichten.

„Aber du sagst deinen Mädels die Wahrheit?"

Das klingt eher wie ein Befehl als eine Frage.

„Hmm", murmle ich.

Niemals kann ich ihnen die Wahrheit sagen, weil sie die Geschichte von einem Vater, der bei einem Unfall in Kirgisien starb, genauso glauben wie Lukas und alle meine Bekannten.

„Wenn Birger euch sieht, wird er denken, dass Lukas der Vater deiner Mädchen ist. Er kennt weder Robert noch Navid."

Daran hatte ich gar nicht gedacht. Ja, so könnte es funktionieren.

„Den Ostseeurlaub würde ich mir jedenfalls nicht entgehen lassen. Die Mädels freuen sich bestimmt schon darauf."

„Sie machen mich verrückt mit ihrer Freude auf die Reise, während mich schon vor dem Meer graust."

„Stell dich nicht so an! Außerdem weißt du gar nicht, ob Birger noch in Sassnitz wohnt. Vielleicht ist der Ort viel zu klein für einen Anwalt. Anwälte sind reich und fliegen im Sommer in die Karibik oder nach New York."

Mir fällt ein, dass Birger damals in die USA auswandern wollte. Vielleicht hat er es tatsächlich gemacht.

„Meinst du?"

„Klar! Genieße den Urlaub einfach!"

„Ich kann ihn nicht genießen, weil ich Lukas nicht liebe."

„Na und? Liebe ist sowieso nur eine Illusion. Mach dir ein paar schöne Tage mit den Mädchen, lasst euch verwöhnen, geht baden und Eis essen, kauf dir was Hübsches und schick erst danach deinen Lover in die Wüste."

Jetzt muss ich lachen. Olli ist so herrlich unkompliziert. Ein Stachel bleibt trotzdem. Wieso sollten die Mädchen wissen wollen, wer ihr Vater ist? Er hat bis jetzt keine Rolle in ihrem Leben gespielt und wird es auch künftig nicht. Sie würden mich hassen, wenn sie die Wahrheit erfahren.

*****

„Du liebst mich nicht?", fragt Lukas.

„Wie kommst du darauf?"

„Du hast vorhin zu Olli gesagt: Ich kann es nicht genießen, weil ich Lukas nicht liebe."

Soll ich es abstreiten? Was hat er noch alles gehört?

„Belauschst du mich etwa?"

„Nein. Aber du hast laut genug gesprochen. Also: Was kannst du nicht genießen, weil du mich nicht liebst?"

„Den Urlaub am Meer. Das weißt du doch."

„Weil du mich nicht liebst?"

„Nein. Ich habe gesagt, ich kann das Meer nicht genießen, auch nicht, wenn ich Lukas liebe."

„Für mich klang das anders."

„Dann hast du dich verhört", behaupte ich. Schnell lenke ich ab. „Rügen geht gar nicht. Auf keinen Fall."

„Das musst du mir erklären!"

„Es ist eine Insel – ringsum nur das Meer."

„Was genau stört dich am Meer?"

„Alles!"

„Aber es ist nur Wasser."

„Eben. Nur Wasser. Überall Wasser."

„Glaubst du, das Wasser tut dir weh?"

„Hör mit der blöden Fragerei auf! Akzeptiere einfach, dass ich nicht an die Ostsee will! Auch nicht dir zuliebe. Genau das habe ich zu Olli gesagt: Ich kann nicht, auch nicht Lukas zuliebe."

Lukas zieht die Stirn kraus und kratzt sich am Kopf. Er schaut mich an, als sieht er mich zum ersten Mal. Dann seufzt er und zuckt mit seiner Schulter.

„Wie dem auch sei, der Urlaub ist gebucht und eine Stornierung nicht mehr möglich."

Ich schaue ihn wütend an, doch in Wirklichkeit bin

ich erleichtert, weil Lukas meine Lüge geschluckt hat. Aber was mache ich jetzt? Soll ich Ollis Rat befolgen und ein paar schöne Tage mit den Mädchen genießen?

„Gut. Ich fahre mit. Aber nur, wenn ich nicht ins Meer hinein muss."

„Du bist wirklich seltsam", sagt er und nimmt mich in den Arm, aber so vorsichtig, als wäre ich ein rohes Ei.

*****

Wir haben eine wunderschöne Ferienwohnung: Zwei kleine Schlafräume und eine moderne Wohnküche mit Terrasse. Es ist mir eine Freude, jeden Tag die Mahlzeiten zuzubereiten. Manchmal essen wir nur ein Fischbrötchen, die hier ganz besonders lecker schmecken, viel besser als daheim. Ans Wasser gehe ich nur selten. Meist bummle ich durch die Geschäfte und habe gestern in einer Töpferei wunderschöne blaue Müslischalen und passende Teller und Kaffeepötte gekauft.

Im Eiscafé bestelle ich mir einen großen Eisbecher mit Blaubeeren, Eierlikör und Schlagsahne und beobachte die Leute. Alle scheinen Touristen zu sein, weil sie ganz langsam vorüber trödeln und die meisten fröhlich lachen.

„Hej! Bist du nicht Hanna?"

Birger! Genau das habe ich befürchtet. Ich winke

ihm zu und hoffe, dass mein Lächeln echt wirkt.

Ungefragt setzt er sich zu mir und fragt: „Machst du hier Urlaub?"

„Logisch. Aber du siehst in deinem Anzug steif wie ein Anwalt aus."

„Ich *bin* Anwalt."

Wir lachen beide und ich hoffe, dass er gleich zu einem Termin muss. Aber er sitzt wie festgeklebt auf seinem Plastikstuhl und bestellt Espresso.

„Erzähle! Was gibt es für Neuigkeiten."

„Nichts. Sag du!"

„Ich arbeite in der Kanzlei meines Vaters. Mein Gebiet ist das Familien- und Zivilrecht."

„Das freut mich." Das ist genau die Branche, in der er mir hätte helfen können. Es ist jammerschade, dass ich ihn damals nicht erreichen konnte. „Aber deine Rufnummer hat sich geändert, oder?"

„Du weißt ja, wie das ist. Da rufen alte Bekannte bei jedem Problemchen an und wollen, dass ich sie vertrete, kostenlos natürlich. Deshalb läuft alles über die Kanzlei."

Ich merke, wie mir die Hitze in die Wangen steigt. Auch ich hatte damals in meiner Not nur an seine Hilfe und nicht an die Bezahlung gedacht.

„Bei der Caritas hast du kein Geld genommen. Zumindest nicht von mir."

„Da war ich Student. Inzwischen weiß ich, wie der Hase läuft."

Er zwinkert mir zu und ich weiß auf einmal, dass er

mir nicht sympathisch ist.

„Privat bist du gar nicht zu erreichen?"

„Nein. Wozu auch?"

„Für Freunde und … deine Frau."

Birger lacht.

„Frau? Für so etwas habe ich weder Zeit noch Nerven."

Ich rühre in meinem Eisbecher, wo die Schokokugel bereits schmilzt und sich mit der Blaubeersoße, der Sahne und dem Eierlikör vermischt.

Genau in diesem Moment springt Anni auf mich zu.

„Ein Eis! Ich will ein Eis!", schreit sie.

„Störe ich?", fragt Lukas. Seine Stimme klingt vorwurfsvoll. Er schiebt Nora näher. „Willst du mir deinen Begleiter nicht vorstellen?"

„Das ist Birger, ein früherer Freund. Birger, das ist Lukas und meine beiden Töchter."

„Ein Eis!", wiederholt Anni.

Erleichtert über Annis Forderung frage ich sie, ob sie eine Kugel in der Waffel draußen auf der Straße schlecken oder hier auf einem Stuhl sitzen will.

„Draußen! Schoko! Schoko!", schreit sie und hüpft an die Theke.

„Ich möchte ein Bananeneis", bittet Nora leise.

Ich winke der Bedienung und wende mich an Birger: „Du entschuldigst mich."

„Eis in der Waffel gibt es nur im Straßenverkauf", erklärt die Kellnerin und weist mit dem Arm nach draußen.

Eilig schiebe ich meinen Stuhl beiseite, bezahle und gehe zur Tür.

„Kommst du?", frage ich Lukas, der offensichtlich überlegt, ob er sich zu Birger setzt oder mit uns nach draußen geht.

„Papa!", schreit Anni. „Eis!"

Normalerweise mag ich es gar nicht, wenn Anni Lukas Papa nennt. Heute bin ich direkt erleichtert. Endlich gesellt sich Lukas zu uns. Ich befürchtete schon, dass er die Gelegenheit nutzt und Birger über mich ausfragt. Die Mädchen erhalten ihre Eiskugel.

„Zwei Euro vierzig für eine einzige Kugel. Das ist unverschämt viel", schimpft Lukas.

Er spricht den ganzen Tag nicht mehr mit mir, als hätte ich ihm etwas getan. Nicht einmal mit den Mädchen albert er herum. Doch die scheinen es nicht zu bemerken und springen vergnügt umher.

Plötzlich schreit Nora auf. Sie ist hingefallen, steht aber gleich wieder auf und reibt sich ihren Ellenbogen.

Ich kaufe eine preiswerte Packung Eis im Supermarkt und außerdem Brot, Käse und Milch fürs Abendessen. Weil Nora immer wieder über ihren Arm reibt, umwickle ich ihn mit einer himmelblauen Binde, denn Blau ist Noras Lieblingsfarbe und sofort findet sie ihren Arm schön.

Als die Mädchen im Bett liegen, setze ich mich mit einem Glas Wein auf die Terrasse. Lukas setzt sich neben mich und trinkt Bier aus der Flasche, obwohl er weiß, dass ich das nicht mag. Ich frage ihn nicht, ob es kein Glas gibt, weil ich eine garstige Antwort befürchte.

„Wer war dieser Anzugfuzzi?", faucht er.

„Ein früherer Freund, das habe ich dir bereits gesagt."

„Woher kennst du ihn?"

„Aus der Firma."

„Wie ein Computerfreak sieht der nicht aus."

„Nein, er ist Anwalt und hat hier eine Kanzlei."

„Wolltest du deshalb unbedingt hierher?"

„Ich?", frage ich empört. „*Du* hast hier gebucht und ich sagte, dass ich nicht ans Meer will."

Lukas schaut mich an, als rede ich Unsinn. Dabei ist *er* es, der alles verdreht.

„Du hast ihn zufällig getroffen?"

Spöttisch verzieht er den Mund.

„Allerdings. Ich wusste gar nicht, dass er hier ist."

„Lüge nicht! Du hattest Angst, dass ich ihn treffe und mit ihm spreche. Aber ich werde mit ihm sprechen. Darauf kannst du Gift nehmen."

„Du bist ja verrückt!"

„Name! Adresse!", verlangt er barsch.

„Ich würde dir weder seinen Namen noch seine Adresse sagen, wenn ich sie wüsste."

„Warum willst du nicht, dass ich mit ihm rede?"

„Weil du wie ein tollwütiger Gorilla in seine Kanzlei stürmen und dich blamieren würdest."

„Mich? Dich, meine Liebe! Weil dann so einiges ans Tageslicht kommt, was du mir verschweigst."

„Was denn?"

„Dass er Noras Erzeuger ist."

„Du spinnst!"

Noch nie habe ich so mit Lukas gesprochen. Doch die Angst macht mich mutig. Mir fallen im Eiltempo Wörter ein, die ich zuvor nie gedacht habe.

Später im Bett erzähle ich Lukas die Geschichte, die mir inzwischen eingefallen ist und mir plausibel erscheint.

„Birger hat damals noch studiert und ein Praktikum in der Firma gemacht. Ich war gerade mal achtzehn, Birger Anfang Zwanzig." Bis hierhin stimmt es sogar. „Die anderen Mitarbeiter waren viel älter als wir. Deshalb saßen wir in der Kantine oft zusammen."

„Und dein Mann? Hatte er nichts dagegen, wenn du mit einem Studenten herumschwänzelst?"

„Natürlich nicht. Stefan war ein Kollege wie alle anderen auch. Außerdem waren wir noch lange nicht verheiratet. Als Stefan und ich nach Kirgisien gingen, habe ich nie wieder etwas von Birger gehört."

Endlich gibt Lukas Ruhe und ich hoffe, er hat meine Geschichte geschluckt. Natürlich wäre es nicht schlimm gewesen, wenn ich ihm die Beziehung zu

Birger gestanden hätte. Schließlich hatte ich vor Lukas auch ein Leben. Doch so passt es besser.

*****

Am nächsten Morgen hält mir Nora wortlos ihren Arm entgegen. Der Ellenbogen ist gerötet und leicht geschwollen, am Unterarm haben sich zwei blaue Flecken gebildet, ein Bluterguss, den ich gestern hätte kühlen müssen. Nora kann ihren Arm nur ein kleines Stück beugen und klagt, dass sie den Stift nicht halten kann. Ich vermute, die Finger sind taub und suche im Handy nach einem Kinderarzt. Der schickt uns sofort zum Röntgen. Zum Glück ist der Ellenbogen nur geprellt und nichts gebrochen. Trotzdem wird ein Gipsverband angelegt, damit der Arm stabil gehalten wird und sich erholen kann. Nora kommt mit der Einschränkung gut zurecht und freut sich, dass der Gips rechtzeitig vor dem Schulanfang entfernt wird.

Während der restlichen Urlaubstage benimmt sich Lukas seltsam. Misstrauisch wacht er über mich, als sei ich sein Eigentum. Sobald ich nicht mit an den Strand will, fragt er, ob ich mich wieder mit diesem Kerl treffe.
„Wollen will ich schon, doch ich weiß nicht, wie ich ihn finde", antworte ich genervt.
„Du bist so anders", schimpft er. „Ständig hast du

das letzte Wort."

„Weil du mich wütend machst", entgegne ich.

Das stimmt sogar. Und doch ist meine Angst größer als mein Zorn. Was mache ich, wenn Lukas die Wahrheit erfährt? Wenn er weiß, dass ich Hauswirtschaft gelernt habe und kein Computerexperte bin? Dann wird er wissen, dass ich in München und nicht in Stuttgart lebte und nachforschen, was noch an meiner Geschichte gelogen ist. Er wird allen von meiner Vergangenheit erzählen, obwohl es niemanden etwas angeht.

Antrag

Ein fremder Mann steht vor der Tür. Er trägt eine Aktenmappe unter dem Arm. Nun gesellt sich eine Frau dazu. Beide halten mir einen Ausweis vor die Augen, erkennen kann ich nichts. Gehören sie zur Polizei oder sind es Betrüger?

„Lassen Sie uns in die Wohnung!", fordert die Frau.

„Warum sollte ich?"

„Wir kontrollieren Ihre Lebenssituation."

„Wie kommen Sie dazu?"

„Wir sind vom Jobcenter und überprüfen, ob Sie als Leistungsempfänger Ihren Bürgergeld-Antrag wahrheitsgemäß ausgefüllt haben oder ob eine Bedarfsgemeinschaft vorliegt."

„Ich beantworte Ihnen jede Frage, aber in die Wohnung lasse ich Sie nicht."

„Wir sind ebenso autorisiert wie ein Gerichtsvollzieher."

Gerichtsvollzieher? Ich bin so verblüfft, dass ich die Leute nicht daran hindere, meine Wohnung zu betreten. Gezielt gehen sie in die Schlafstube.

„Wer schläft hier?"

„Mein Freund und ich."

Das Paar schaut sich vielsagend an.

„Seit wann wohnen Sie zusammen?"

Krampfhaft überlege ich, was ich nun sagen soll, weil ich weiß, dass mir Betrug vorgeworfen wird, da ich die Bedarfsgemeinschaft verschweige. Aber mir fällt ein, dass sich Lukas auf meine Adresse ummelden will.

„Seit fast zwei Wochen", gebe ich selbstsicher an.

Wieder sehen sich die beiden Besucher an, dieses Mal verwundert.

„Während der Ferien nimmt das Amt leider keine Meldungen an. Aber da Sie hier sind, können Sie gleich die Bedarfsgemeinschaft eintragen."

„Das müssen Sie selbst schriftlich nachreichen", blafft die Frau, dreht sich um und stolziert grußlos davon.

Als ich Lukas am Abend davon erzähle, sagt er: „Wir sollten heiraten."

Überrascht horche ich auf. Lukas hielt bisher die Ehe für überholt, weil das Leben Veränderung bedeutet und jeder seine eigene Unabhängigkeit schützen soll.

„Warum?", frage ich irritiert. „Mit der Meldung hat das nichts zu tun."

„Die Ehe ist eine verbindliche, rechtlich abgesicherte Form des Zusammenlebens, die von der Verfassung besonders geschützt wird."

Hat er diesen Satz auswendig gelernt? Ich kapiere nur die Hälfte.

„Mir ist die Verfassung gleichgültig. Ich will nur aus einem einzigen Grund heiraten: aus Liebe. Außerdem ist mir Treue in guten wie in schlechten Zeiten überaus wichtig."

Lukas grinst spöttisch.

„So etwas gibt es nur im Märchen. Kein Mensch kann dir ewige Treue versprechen."

„Dann will ich nicht heiraten", entgegne ich enttäuscht.

Ich denke an Navid, der eine Andere heiraten wollte und mir gleichzeitig versicherte, er sei mir trotzdem ein Leben lang treu. Ihm war nicht klar, dass das nicht geht. Mir schon. Dabei hätte ich gern der ganzen Welt gezeigt, dass wir zusammengehören. Zu Lukas gehöre ich nicht.

„Ich will Ordnung schaffen", sagt Lukas und lächelt. „Normalerweise muss man sich ein halbes Jahr vor dem gewünschten Termin anmelden. Aber wir können schon am 8.8. heiraten, weil irgendwer kalte Füße gekriegt hat." Er brummt zufrieden. „Dieses

Datum kann sich jeder prima merken."

So schnell?, denke ich. Das ist in nicht einmal zwei Wochen. Zwei Tage zuvor soll Noras Gips am Arm entfernt werden.

Laut sage ich: „Am 9. August ist Noras Schulanfang."

„Das passt doch perfekt. Wir gehen am Vortag zum Standesamt und feiern mit der ganzen Familie unsere Hochzeit."

„Familie?"

Ich habe keine Familie. Keine Eltern und keinen Bruder, nur eine Tante, die ich nicht mag.

„Meine Eltern werden kommen, meine Schwester und mein Bruder mit ihren Familien. Du kannst Toni, Georg und Fred einladen und von mir aus auch deinen Vater mit seiner Sippe."

„Aber ..."

„Aber?", fragt Lukas halb drohend und halb ängstlich.

„So schnell? Und was ist mit dem Schulanfang?"

„Den feiern nur wir vier in Familie und futtern die Reste vom Hochzeitsmahl."

„Deine Familie lebt in der Nähe, meine müsste hier übernachten und würde zum Schulanfang bleiben. In unserer Wohnung ist gar nicht so viel Platz."

„Na und?" Lukas beugt sich vor, was immer bedrohlich wirkt. „Hast du noch mehr Ausreden?"

„Nora hat sich Pizza gewünscht und Bananeneis."

„Soll sie haben."

In meinem Kopf herrscht heilloses Durcheinander: Pizza, Eis, Gips, Schulanfang. Familie. Hochzeit! Lukas will mich heiraten! Heiraten wollte ich schon immer. Genau genommen drei Mal, wenn ich Birger mitzähle. Robert und vor allem Navid sollten mir einen Antrag machen, als ich ihnen gestand, dass ich schwanger bin. Jetzt bin ich nicht schwanger und habe zwei Kinder, um die sich ein Mann kümmert, der nicht ihr Vater ist. Und der will mich jetzt heiraten. Aber will ich ihn heiraten? Das würde vieles leichter machen.

Hat mir Lukas überhaupt einen Antrag gemacht? Nein, er hat Ordnung schaffen gesagt. Lukas lacht und nimmt mich in den Arm. Ich drücke meinen Kopf an seine Schulter und schlinge meine Arme um seinen Rücken. Dabei merke ich, dass ich ihn nicht umarme, sondern mich festhalte, als suche ich Schutz und Sicherheit. Doch reicht das für eine Ehe?

*****

Am nächsten Morgen rufe ich Olli an, als ich endlich allein in der Wohnung bin.

„Lukas will mich heiraten."

„Wie aufregend! Wie war sein Antrag?"

„Es gab keinen. Er hat den Tag einfach festgelegt und mir mitgeteilt."

„Krass!"

„Der Termin ist schon in zehn Tagen am 8.8."

„Geiler Termin! Den versemmelt er nicht."

„Das hat er auch gesagt. Schon kurz nach 8 Uhr."
Olli kichert.

„Am 8.8. um 8 Uhr. Cool! Aber warum so früh?"
Ich zucke mit der Schulter. Vielleicht will um diese frühe Uhrzeit kein Mensch zur Trauung.

„Ich weiß nicht, was ich davon halten soll. Er wollte nie heiraten. Das sei überholt. Ewige Treue will er nicht schwören, weil er nicht weiß, wie er in ein paar Jahren so drauf ist."

„Wenigstens ist er ehrlich und macht dir nichts vor."

„Olli!"

„Du träumst noch immer von der großen Liebe, die es nicht gibt. Es ist schon ein Lottogewinn, wenn man es mehrere Tage am Stück mit einem Mann in der gleichen Wohnung aushält. Sei klug und wähle mit Vernunft und nicht mit albernen Gefühlen, die sowieso nichts bringen!"

„Ich glaube, ihm ist die Ehe nicht so wichtig wie die Heirat. Er braucht das Papier."

„Eifersüchtig wird er sein! Das ist es! Ihm hat nicht gefallen, als er dich mit Birger auf Rügen gesehen hat."

„Meinst du?"
Lukas verhielt sich tatsächlich albern, als er mich mit Birger im Café sitzen sah und lässt mich seitdem kaum noch allein vor die Tür.

„Meine Güte! Birger war mein erster Freund. Ich

hatte ihn fast vergessen."

„Du lügst! Ich weiß noch genau, dass du sagtest, es wäre eine Katastrophe, wenn du Birger triffst. Und das nur, weil Lukas nicht weiß, dass du eine Küchenfee bist."

„Küchenfee", wiederhole ich. „Das Wort gefällt mir."

„Weiß Lukas inzwischen, wer die Väter von Nora und Anni sind?"

„Natürlich nicht. Das soll auch so bleiben."

„Vater unbekannt wirft kein gutes Licht auf dich. Erinnerst du dich, wie empört du warst, weil ich nicht wusste, von welchem Burschen ich schwanger war?"

„Das ist etwas anderes! Mir ist egal, was die Leute denken."

Olli kichert.

„Wer´s glaubt. Was glaubt eigentlich Lukas?"

„Ich habe ihm erzählt, dass ich verheiratet war und mein Mann gestorben ist."

„Verheiratet? Das müsste in den Papieren stehen."

„Ach, das ist eine lange Geschichte. Zu kompliziert fürs Telefon. Nora sieht zum Glück aus wie ich mit ihren blonden Haaren und blauen Augen, obwohl ich immer nur Robert in ihr sehe."

„Aber Anni nicht."

„Nein, Anni nicht. Du hast ihr Foto gesehen. Anni kommt ganz nach ihrem Vater mit ihren dunklen Locken und Augen. Außerdem hat sie ein unbändiges Temperament. Ich werde kaum mit ihr fertig und bin froh, dass sie tagsüber im Kindergarten ist und ich meine Ruhe vor ihr habe."

„Herrlich!", kreischt Olli und lacht laut.

„Navid." Schon der Klang seines Namens macht mich schwach. „Manchmal denke ich, ich hätte bei ihm bleiben sollen."

„Hast du ihm ein Bild von Anni geschickt?"

„Nein. Vielleicht hätte ich es getan, wenn er sich bei mir gemeldet hätte. Aber das hat er nicht, obwohl ich meine Nummer nie geändert habe."

„Dann bin ich beruhigt. Ich dachte, du kommst nie von diesem Typ los."

Darauf sage ich lieber nichts. Im Leben gibt es nur eine große Liebe und das ist Navid.

„Was mache ich nun mit dem Hochzeitstermin?"

„Verlange Bedenkzeit!"

„Ich weiß nicht. Das müsste ich begründen. Lukas und ich leben seit zwei Jahren zusammen."

„Na und? Andere leben viel länger zusammen und heiraten nie."

Das mag stimmen. Auch ich bin noch nie auf die Idee gekommen, Lukas heiraten zu wollen. Ich fühle mich wohl bei ihm, aber ich liebe ihn nicht.

„Warum heiratest *du* nicht?"

„Warum sollte ich? Mein Sohn braucht keine Rundumbetreuung mehr. Ich habe mehr Freizeit und kann am Abend ausgehen."

„Ist es nicht einsam so allein?"

„Nein, ich genieße meine Unabhängigkeit. Für

einen Kerl waschen und kochen möchte ich nicht. Das mache ich genug in der Kurklinik. Aller paar Wochen kommen neue Patienten. Ich habe genug Abwechslung."

„Meinst du das beruflich oder privat?"

Olli kichert, antwortet aber nicht.

Abwechslung habe ich keine, denn ich bin den ganzen Tag daheim. Die Mädels sind im Kindergarten, Lukas auch. Ich bin gern allein. Das gefällt mir erheblich besser als die Wochenenden mit all den Ausflügen und gemeinsamen Spielen.

„Lukas will, dass ich arbeiten gehe, wenn Nora in die Schule kommt. Das wäre schon bald."

„Warum tust du es nicht? Dann hast du dein eigenes Geld und weißt schnell, ob du das Gehalt von einem Mann brauchst."

„Lukas will zurück in sein Heimatdorf im Erzgebirge. Dort mag ich nicht leben."

„Was ist so schlimm an diesem Ort?"

„Das ist ein Kaff mit nicht einmal zehntausend Einwohnern. Es gibt praktisch keine Geschäfte und die Leute sind entsetzlich zufrieden. Stell dir vor, sie machen Hausmusik und singen Volkslieder mit Mama und Papa, Brüderchen und Schwesterchen. Es ist öde."

Olli kichert.

„Ist doch lustig! Sag es ihm! Vielleicht bleibt er dir zuliebe in Chemnitz." Wieder kichert sie. „Dann musst du dir eine andere Ausrede einfallen lassen, wenn du ihn nicht heiraten willst." Energisch fügt sie hinzu: „Hauptsache, du vergisst endlich diesen Araber!"

Olli hat leicht reden.

„Das kann ich nicht. Jedes Mal, wenn ich in Annis dunkle Augen schaue, denke ich an Navid."

„Hör auf damit! Du hast dich entschieden, ihn zu verlassen. Jetzt musst du dich entscheiden, ob du Lukas heiraten willst oder nicht."

Wenn das so einfach wäre.

„Ich muss los! Ruf mich an, wenn du weißt, was du willst und wie Lukas reagiert hat. Pfiaddi!" (Tschüß)

Verhör

Plötzlich steht Lukas vor mir. Er schnappt nach Luft und fuchtelt mit seinen Armen durch die Luft.

„Was ist denn los?", frage ich verwirrt.

„Wer ist Navid?"

Sein verzerrter Mund macht mir Angst.

„Ich … Ich weiß nicht."

„Du hast gesagt, dass du an ihn denkst, wenn du in Annis Augen schaust."

„Du spinnst!"

„Ist er Annis Vater? Ein Ausländer?"

Am besten, ich sage gar nichts mehr.

„Antworte!"

„Du kennst meine Geschichte."

„Ich kenne nur das, was du mir erzählt hast."

„Genügt dir das nicht? Du belauschst mich heimlich, hörst nur die Hälfte und reimst dir irgend etwas zusammen."

„Ich weiß, was ich gehört habe."

„Dann ist es ja gut."

Ich drehe Lukas den Rücken zu und will die Stube verlassen.

„Bleib hier, wenn ich mit dir rede!"

Lukas packt fest meinen Arm.

„Und Robert? Wer ist Robert? Ist er Noras Vater?"

„Du bist nicht ganz bei Trost."

„Wer ist er?", schreit Lukas und ich spüre feuchte Spucke im Gesicht.

„Ein alter Freund."

„Wie dieser schmierige Typ auf Rügen, was?"

„Meinst du Birger?"

„Stell dich nicht dümmer als du bist! Du hast mit Olli über diese Männer gesprochen."

„Habe ich das?"

„Allerdings. Lügen ist mies."

„Belauschen ist genauso mies. Wieso bist du überhaupt daheim? Musst du nicht arbeiten?"

„Das spielt jetzt keine Rolle."

Lukas schleudert meinen Arm zur Seite, als würde er sich vor ihm ekeln. Er läuft zur Tür und wieder zurück. Dann baut er sich breitbeinig vor mir auf.

Er droht mit dem Finger und brüllt: „Ich werde dir jetzt ein paar Fragen stellen und danach entscheiden, was ich mache. Überlege dir also gut, was du sagst."

„Wird das ein Verhör?", spotte ich und merke, wie mir plötzlich heiß und gleichzeitig kalt wird.

„Was ist Navid für ein Landsmann?"

„Keine Ahnung."

„Ist er Annis Vater?"

„Bist du verrückt geworden? Ich habe dir alles erzählt – mehr, als gut war."

„Gut wäre, wenn du endlich die Wahrheit sagst."

Wäre das wirklich gut? Olli hat mir jedenfalls dazu geraten. Sie denkt, dass ich dann endlich Ruhe habe, gleichgültig, wie Lukas reagiert.

„Ich glaube, dieser Robert ist der Vater von Nora und der Ausländer der von Anni."

Ich zische: „Glaube, was immer du willst."

„Ich wollte dich heiraten", flüstert er.

„Du wolltest *nie* heiraten!", blaffe ich zurück. „Und dann machst du einfach einen Termin aus, ohne mich zu fragen. So funktioniert das nicht."

„Du hast mich belogen."

„Mag sein. Aber noch entscheide ich, wem ich was sage."

„Ich kann dich nur heiraten, wenn du mir die Wahrheit sagst."

„Du musst mich nicht heiraten. Bisher hast du keinen Trauschein gebraucht, um bei mir und den Mädels zu leben."

Fast hätte ich hinzugefügt, dass ich gut allein zurechtkomme. Schließlich habe ich das bereits zwei Mal ohne einen Mann geschafft. Doch allein erziehend ist kein Vergnügen. Weder finanziell noch für meine Seele. Den Kindern tut Lukas gut. Sie würden mehr leiden als ich, wenn er uns verlässt.

„Ich liebe dich und habe deine Mädchen in mein Herz geschlossen", murmelt Lukas so leise, dass ich ihn kaum verstehe.

Er schaut aus dem Fenster und ich versuche, das Brennen in meinen Augen wegzublinzeln, bevor er sich umdreht und es bemerkt.

„Sag mir endlich die Wahrheit!"

Vielleicht wäre jetzt eine gute Gelegenheit, Lukas alles zu erzählen. Es ist nur für mich schlimm, zwei Kinder von zwei verschiedenen Vätern zu haben, die mit mir schlafen, mich aber nicht heiraten wollten. Für Lukas würde sich nichts ändern. Ich bin die gleiche Frau und er wusste von Anfang an, dass Nora und Anni nicht seine Kinder sind.

„Wahr ist, dass mein Leben bisher chaotisch war und ich genau das vergessen will", beginne ich vorsichtig.

„Du kannst deine Vergangenheit nicht vergessen, weil du sie jeden Tag vor Augen hast: Nora und Anni. So wie ich."

Es geht nicht. Ich habe noch gar nichts gesagt und schon werde ich unterbrochen und muss mir Vorwürfe anhören.

„Ich will nicht darüber reden!"

„Du musst!"

„Gar nichts muss ich. Wenn dir meine Vergangenheit wichtiger ist als unsere Gegenwart ...", ich versuche, das Kratzen im Hals hinunterzuschlucken.

„Dann musst du eben gehen."

Erschrocken über meine eigenen Worte beiße ich mir auf die Lippen. Doch nun ist es gesagt und hat auch sein Gutes, denn nun muss ich nichts mehr selbst entscheiden. Jetzt liegt die Entscheidung bei Lukas.

Er presst die Lippen fest zusammen. Sein Blick verdunkelt sich und wirkt nicht mehr bittend, sondern kalt.

„Gut. Ich gehe", faucht er.

So schnell? Bestürzt schließe ich die Augen und wage nicht, Lukas anzuschauen.

Die Tür fällt scheppernd ins Schloss. Doch Lukas war so schnell fort, dass er nichts mitgenommen haben kann. Er wird also zurückkommen. Erleichtert seufze ich. Vielleicht kommt er nur, um seine Sachen zu packen. Aber vielleicht wird er bleiben.

Plötzlich packt mich die Angst, dass er mich und die Kinder verlässt. Mir gefällt mein Leben seit zwei Jahren. Es ist ruhig. Lukas ist kein schlechter Mensch, auch wenn er mir oft auf die Nerven geht. Ich hätte ihm die Wahrheit sagen sollen. Ich weiß, wie das ist, wenn man keine Antwort auf eine Frage bekommt. Man denkt sich selbst viele Möglichkeiten aus, von denen vielleicht eine oder gar keine stimmt. Doch was ist, wenn mir Lukas bei jeder Gelegenheit meine Vergangenheit unter die Nase reibt? Das würde ich nicht ertragen. Warum habe ich nicht einfach gesagt, dass mein Mann Navid hieß und schwarze Haare hatte wie Anni? Dann gäbe es keine unangenehmen Fragen und ich darf immer an ihn denken, wenn ich mein Kind anschaue, weil jeder glaubt, dass er tot ist. Nora sieht aus wie ich und keiner käme auf die Idee, nach ihrem Vater zu fragen.

Lukas ist seit zwei Stunden fort. Unruhig laufe ich in der Wohnung umher und weiß nicht, was ich machen soll. Soll ich ihn anrufen und ihn anflehen, zurückzukommen? Wo bleibt er nur so lange?

Ich muss etwas tun. Zuerst mache ich die Betten der Kinder, dann unsere, putze das Bad, obwohl es längst blitzblank ist. Dann schaue ich aus dem Fenster, ob Lukas zu sehen ist. Aber nur eine Nachbarin winkt mir zu. Plötzlich fühle ich mich erschöpft, als hätte ich schwer gearbeitet.

Mechanisch öffne ich den Gefrierschrank und finde mehrere Packungen Schokoladeneis. Ich stehe am Fenster und löffle gierig direkt aus der Packung, bis mir die Zähne weh tun und mir übel wird.

Soll ich Lukas von Robert und Navid erzählen? Bleibt er dann bei mir und den Kindern? Will ich, dass er bleibt? Ich kann meine Vergangenheit nicht ändern. Ich muss in die Zukunft schauen.

Lukas will, dass ich arbeiten gehe. Auch Olli hat

mir dazu geraten. Aber will ich das auch? Mir geht es gut daheim. Doch ich weiß nicht, ob das auf Dauer funktioniert. Lukas glaubt es nicht. Wenn wir heiraten und zusammen leben, müssen wir selbst für die Miete aufkommen. Dann haben wir am Ende trotz Arbeit weniger Geld als jetzt mit meinem Bürgergeld. Olli meint, dass ich nur mit eigenem Geld selbstbestimmt und frei leben kann. Doch ich bin wegen der Kinder sowieso gebunden und kann nicht wirklich über mein Leben bestimmen.

Mir fällt mein Traum von letzter Nacht ein: Ich lebte in einem großen Haus, in dem ich für viele Gäste kochte. Alle sangen und tanzten.

Dabei habe ich noch nie getanzt und auch noch nie für viele Gäste gekocht. Nur manchmal bei der Familie in Grafing. Aber das waren nicht meine Gäste. Und doch war mir immer wichtig, dass das Essen rechtzeitig auf den Tisch kam und es allen schmeckte. Heißt das, mich würde eine Arbeit als Koch glücklich machen? Soll ich mir wirklich eine Stelle in der Hauswirtschaft suchen? In Pflegeheimen, großen Firmen und Privathaushalten sucht man Fachkräfte wie mich. Der Stundenlohn von siebzehn Euro ist mir sicher, weshalb ich nicht einmal voll arbeiten muss. Ich weiß, dass ich gut mit Geld umgehen kann, obwohl ich bisher nie sparsam sein musste, weil ich bisher keine Pläne für die Zukunft hatte. Doch nun will ich unabhängig sein. Unabhängig vom Amt und unabhängig von

Lukas.

Aber dann wäre ich allein. Was mache ich nur?

„Lukas ist weg!", heule ich ins Telefon. „Er hat uns belauscht, als wir miteinander sprachen und die Namen Navid und Robert gehört. Nun glaubt er, es sind die Väter meiner Mädchen."

„Da liegt er gar nicht mal so falsch", sagt Olli kühl. „Hast du ihm endlich die Wahrheit gesagt?"

„Ich wollte. Ehrlich. Doch dann hat er irgendwas gesagt und ich brachte es einfach nicht über die Lippen."

„Und wieso ist er weg?"

„Er sagt, er kann mich nur heiraten, wenn ich ihm die Wahrheit sage. Dann geh doch!, war meine Antwort."

„Er ist also ausgezogen."

„Nein. Nur wütend weggerannt. Ich weiß nicht, ob er uns verlässt."

„Wenn dir irgend etwas an Lukas liegt, dann musst du ihm endlich die Wahrheit sagen. Eines Tages erfährt er sie sowieso. Und wenn nicht, dann schick ihn zum Teufel!"

*****

Endlich kommt Lukas zurück. Erfreut springe ich auf ihn zu, doch ich falle ihm nicht um den Hals, sondern wende mich rechtzeitig ab. Vor Aufregung übersehe ich den großen Strauß Rosen, den er mir entgegen hält.

„Ich weiß nicht, ob ich es kann, aber ich will versuchen, dich nicht mehr zu bedrängen. Vielleicht erzählst du mir eines Tages mehr über dich und deine Vergangenheit." Er kniet nieder und schaut zu mir auf. „Willst du meine Frau werden?"

Ich schlucke den Kloß im Hals hinunter und hauche: „Ja."

„Am 8.8.!", ruft er aus und springt auf. „Das wird ein tolles Fest. Ich werde meine ganze Familie und alle meine Freunde einladen."

„Nicht! Nicht so schnell", bitte ich. „Ich muss nachdenken."

„Was gibt es da zu überlegen? Wir leben seit zwei Jahren zusammen. Alles wird gut. Hauptsache, wir heiraten erst einmal."

Warum hat er es so eilig mit der Hochzeit? Vielleicht hat Olli recht, dass Lukas eifersüchtig ist und mich nur an sich binden will. Dabei hat er immer gesagt, dass der Trauschein kein Garant für eine dauerhafte Beziehung ist.

„Aber doch nicht so schnell!"

„Sollen wir die Hochzeit verschieben? Der 10.10. und der 12.12. ist ebenfalls ein Freitag. Oder ist dir Sonnabend lieber?"

Mir schwirrt der Kopf und ich schüttle ihn nur matt.

„Je eher wir heiraten, desto eher kann ich Nora und Anni adoptieren. Sie sollen keine Stiefkinder bleiben."

Fassungslos starre ich Lukas an. Er will meine Mädels adoptieren? Darüber sprachen wir noch nie. Das heißt, ich wäre nicht mehr allein verantwortlich und hätte Sicherheit für mich und meine Kinder. Das wäre wunderbar!

Lukas lässt sich aufs Sofa fallen und zieht mich auf seinen Schoß.

„Wir werden wie geplant am 8.8. um 8 Uhr heiraten", flüstert er mir ins Ohr.

Ich habe nicht einmal ein Kleid, fällt mir plötzlich ein und muss darüber lachen. Für die anderen beiden Daten im Oktober und Dezember bräuchte ich noch einen Mantel und Stiefel. Und draußen in der Sonne sitzen könnten wir dann auch nicht. Wenn wir also sowieso heiraten, können wir es genauso gut in zehn Tagen tun. Doch für mich bedeutet die Ehe *für immer.* Für Lukas nicht. Sofort bin ich unschlüssig.

„Ich will heiraten, weil ich mich sicher fühlen will. Doch du weißt nicht einmal, ob du mir treu bleibst."

„Das weiß niemand. Wir leben im Hier und Jetzt. Und jetzt ist der richtige Zeitpunkt zum Heiraten."

„Und dann kommt der richtige Zeitpunkt für eine Trennung?" Wütend blinzle ich Tränen weg. „Und ins Erzgebirge will ich auch nicht", setze ich nach, verschränke meine Arme und schaue Lukas erwartungsvoll an.

„Kommt Zeit – kommt Rat", winkt er ab. „Lass uns

erst einmal heiraten!"

Heißt das, ich müsste mit ihm gehen, falls er in Olbernhau eine Arbeit findet? Das möchte ich auf gar keinen Fall. Doch darüber denke ich später nach.

„Kommt Zeit – kommt Rat", äffe ich ihm nach. „Lass uns mit der Hochzeit noch warten."

Nora

Die Kinderärzte in Chemnitz sind verschiedener Meinung. Der eine erklärt, Noras Ellenbogen heilt von ganz allein. Der andere befürchtet, dass Knorpel- oder Knochenteile abgesplittert sind, die sich verklemmen und die Bewegung komplett sperren könnten. Oder die Splitter lagern sich in Weichteilgewebe ein und verursachen Schmerzen. Das ist nicht eindeutig auf der Röntgenaufnahme zu erkennen.

Nora wird eine Kunststoffschiene angelegt, mit der sie beweglicher ist als mit dem Gips. Außerdem ist der neue Verband erheblich leichter. Trotzdem ist Nora enttäuscht, weil sie zum Schulanfangsfest mit der Schiene laufen muss.

„Ich will auch so eine Schiene", verlangt Anni.

„Dafür bist du viel zu klein", belehrt sie Nora und ist plötzlich stolz auf ihren Verband, der sie von all den anderen Kindern abhebt.

Alle werden sie anschauen, die Kinder entsetzt oder neidisch und die Erwachsenen mitleidig.

Wir wollen drei Tage lang Noras neuen Lebensabschnitt feiern. Sie darf sich wünschen, was sie am Freitag, am Samstag zum Schulanfang und am Sonntag essen und was sie unternehmen möchte. Ohne lange zu überlegen bestimmt sie den Besuch im Tierpark, Sonnenlandpark und Freibad.

„Mit deinem Arm darfst du nicht ins Wasser", erinnere ich sie.

„Dann Parkeisenbahn fahren und dort auf dem großen Spielplatz toben."

Zwar stimme ich sofort zu, habe aber Angst, dass die Verletzungsgefahr auf dem Spielplatz für ihren Arm viel zu groß ist.

Für Freitag bestellt sie Plinsen mit Apfelmus zum Mittag und Streuselkuchen zum Vesper, Samstag will sie Pizza mit Ananas, Hackfleisch und Spinat, Bananeneis als Nachtisch und Schokoladentorte am Nachmittag, Sonntag Nudeln mit Wurstwürfeln und süßer Tomatensoße und Pfannkuchen zum Vesper. Da es im Tierpark keinen Gasthof gibt, werde ich belegte Brote und Apfelsaft mitnehmen und die gewünschte Pizza am Abend backen.

Dafür muss ich allerhand einkaufen und begleite ausnahmsweise Lukas zum Supermarkt, denn normalerweise erledigt Lukas den Einkauf allein.

„Mist! Ich habe meinen Geldbeutel daheim vergessen", schimpft Lukas. „Hast du deine Tasche mit?"

„Ja, aber maximal zehn Euro dabei."

„Und deine Bankkarte."

Das stimmt. Zum Glück gab es letzten Freitag das Bürgergeld, denn von meiner Karte wird sofort abgebucht und niemals ins Minus. Trotzdem ist mir die Lust am Einkaufen vergangen, denn nun muss ich genau überlegen, was ich wirklich brauche und kann mich nicht länger umsehen und dies und das einpacken, was Lukas nie mitbringen würde.

Ich beschränke mich also auf Mehl, Milch, Ananas, Spinat aus dem Frost, Hackfleisch, Tomaten, Spirelli, Jagdwurst, Butter, Eier, Sahne, Bananeneis, Äpfel und Süßigkeiten für die Zuckertüte. 76,80 € für alles zusammen. Das ist erschreckend viel Geld für so wenig Lebensmittel, die in eine einzige Tasche passen.

„Und was essen wir abends?", fragt Lukas.

An unsere Abendessen habe ich überhaupt nicht gedacht und bitte Lukas, das morgen einzukaufen.

Er verzieht seinen Mund, lacht aber mit den Augen und ich habe den Verdacht, dass er seinen Geldbeutel absichtlich vergessen hat oder dieser wie immer in seiner Jackentasche steckt.

*****

Insgeheim ärgere ich mich, dass ich die Hochzeit so schnell absagte. Warum eigentlich? Weil ich Lukas nicht heiraten will? Oder weil ich kein Geld für ein Brautkleid habe? Das war sehr dumm von mir. Lukas plante eine große Feier mit seiner ganzen Familie im Miramar. Das ist ein traumhaft schönes Lokal am Schlossteich mit Spielplatz und einem tollen Biergarten. Ganz in der Nähe befindet sich der Küchwaldpark mit seinen vielen Spazierwegen und lustigen Spielplätzen. Das wäre wirklich schön gewesen. Aber ich habe es verdorben.

„Wieso und wofür brauchst du Bedenkzeit?", fragt Lukas. „Eine Heirat ist für uns alle von Vorteil."

Das mag sein, doch er spricht nie von Liebe. Ganz im Gegenteil. Ich komme mir eher bedroht vor von seinen Fragen und Wutausbrüchen, die ich so vorher nicht von ihm kannte. Meist bin ich erleichtert, wenn er nur mürrisch in seiner Ecke sitzt und gar nichts sagt. Immer öfter will ich, dass Lukas auszieht und gleichzeitig sehne ich mich nach Nähe und Wärme in seinen Armen.

Olli versteht das nicht. Sie sagt, ich soll mich entscheiden und dann Ruhe geben. Man kann nicht das eine und gleichzeitig das Gegenteil wollen. Wollen kann ich das schon, nur nicht bekommen.

*****

Der neue Arbeitsplatz von Lukas befindet sich am anderen Ende der Stadt in einem Kindergarten, der bereits 6 Uhr öffnet und erst 18 Uhr schließt. Deshalb muss er in zwei Schichten arbeiten und geht manchmal schon kurz nach 5 Uhr zum Bus oder kommt erst gegen 19 Uhr nach Hause. Wer holt sein Kind so spät nach Hause und bringt es halb in der Nacht in eine Kita? Ich finde 8 Uhr schon zu zeitig, wenn ich Anni in den Kindergarten und Nora zur Schule bringe, denn Lukas kann das nun nicht mehr übernehmen.

Lukas spricht kaum noch mit mir. Ich weiß nicht, ob er von der Arbeit erschöpft ist oder sauer wegen des geplatzten Hochzeitstermins. Manchmal wünsche ich mir, dass er wieder so viel redet wie früher.

*****

Zwei Wochen später haben sich die Ärzte geeinigt und wollen sicherheitshalber eine Platte in Noras Ellenbogen einsetzen.

„Tut das weh?", erkundigt sich Nora ängstlich.

„Nein. Du merkst es nicht, weil du schläfst."

Ungläubig schaut Nora den Arzt an.

„Wir geben dir ein Schlafmittel. Wenn du wieder wach bist, ist alles vorbei."

Der Arzt empfiehlt eine Vollnarkose, damit sich Nora beim Eingriff nicht bewegt oder panisch reagiert.

Einige Wochen später soll die Platte entfernt werden, weil sie dann nicht mehr gebraucht wird. Sie könnte bei einem Kind einwachsen und Probleme verursachen.

Die Operation ist für den nächsten Dienstag um 10 Uhr festgelegt. Nora darf am Vortag nach 16 Uhr nichts mehr essen und danach nur noch Apfelsaft trinken bis acht Uhr am Morgen.

Pünktlich 8 Uhr sitzen wir in der Kinderklinik und warten auf den Arzt. Als sich zwei Stunden später noch immer niemand um Nora kümmert, frage ich nach und erfahre, dass es einen Notzugang gab, der sofort operiert werden musste. So etwas kann passieren. Vielleicht hatte ein Kind einen schweren Unfall und musste zuerst versorgt werden. Wieder zwei Stunden später will Nora etwas essen. Ich frage die Schwester, ob dies möglich ist.

„Nein. Auch bitte nichts trinken!", weist sie an.

Ich bin ebenfalls hungrig, obwohl ich im Gegensatz zu Nora gefrühstückt habe. Zwar nur einen Keks und dazu eine Tasse Tee, aber immerhin mehr als meine tapfere Tochter.

Ab 15 Uhr hängt Nora apathisch auf ihrem Stuhl. Sie spricht nicht mit mir und klagt auch nicht. Mir ist schleierhaft, wie sie die endlose Warterei ohne Essen und Trinken verkraftet. Mit Anni wäre solch eine lange Wartezeit nicht möglich. Kein Spielzeug und keine Ermahnung könnte sie ablenken und irgendwann würde sie ungeduldig schreien und so schnell nicht mehr aufhören.

18 Uhr werden wir weggeschickt und sollen am übernächsten Tag 8 Uhr wiederkommen. Nora jubelt, weil ihr der Eingriff erspart bleibt, fängt aber während der Busfahrt nach Hause an zu weinen und lässt sich durch nichts beruhigen. Sie will sofort ins Bett, ohne Abendessen, obwohl sie hungrig sein muss. Ich lege mich zu ihr und drücke sie an mich. Sanft streiche ich über ihre Haare und spüre, wie sehr ihr Gesicht glüht. Der Tag war einfach zu viel für meine Große.

Am nächsten Morgen messe ich 39,2 Fieber. Eilig tauche ich Küchentücher in warmes Wasser, umwickle damit Noras Waden und lege einen auf ihre Stirn. Dann koche ich Tee. Ich habe nur Pfefferminzbeutel im Haus, kann aber nicht zur Apotheke laufen, weil ich Nora nicht allein lassen will. In die Schule kann ich sie nicht schicken. Lukas hat Anni in den Kindergarten gebracht und erkundigt sich telefonisch nach Nora.

„Sie hat über 39 Fieber."

„Bring sie sofort zum Arzt!", bestimmt er.

„Das ist nur die Aufregung von gestern", erkläre ich und hoffe, dass dies stimmt.

Trotzdem rufe ich im Krankenhaus an und sage den Operationstermin für morgen ab. Ich soll mich melden, wenn das Fieber gesunken ist.

Nora schläft den ganzen Tag und lässt sich erst am

Nachmittag zu etwas Tee überreden, lehnt aber den Zwieback ab.

„Ich will eine Banane", verlangt sie am Abend und beißt zufrieden in das Obst. „Jetzt muss ich nicht mehr operiert werden."

„Jedenfalls nicht morgen. Ich soll mich melden, wenn du kein Fieber mehr hast."

„Ich will aber Fieber haben, weil ich nicht mehr ins Krankenhaus will", sagt sie sehr bestimmt. „Nie nie wieder."

„Du weißt, dass dein Ellenbogen repariert werden muss, weil er sonst steif werden kann."

„Ich will einen steifen Ellenbogen!", schreit sie mich an.

„Das kann aber sehr weh tun."

„Alles tut weh. Du willst nur, dass mir alles weh tut. Du willst, dass ich ins Krankenhaus gehe und der Arzt mir weh tut."

Erschrocken zucke ich zurück. Glaubt sie das wirklich? Ich ergreife ihre Hände und ziehe Nora zu mir heran.

„Sieh mich an!", bitte ich. „Ich will, dass der Arzt dich gesund macht und das weißt du auch."

Nora weint.

„Ich fahre nie wieder mit dir Bus!", schluchzt sie.

„Aber warum?"

„Weil du lügst und mich ins Krankenhaus schleppen willst."

Nora ist nicht wiederzuerkennen. Misstrauisch verweigert sie alles, was nicht eindeutig mit ihrer Schule zu tun hat. Bisher verhielt sie sich immer ruhig und ausgeglichen im Gegensatz zu Anni, die ständig *Nein* und *Ich will nicht* schreit.

„Der nächste freie Termin ist am Freitag um 13:30 Uhr", verkündet eine Krankenschwester sehr laut am Telefon.

„Das gefällt mir nicht."

„Wie bitte?", fragt sie ungehalten.

„Ich möchte gleich am Morgen den ersten Termin."

„Wir sind hier nicht bei *Wünsch dir was*", reagiert sie barsch.

„Können Sie garantieren, dass Nora zeitnah behandelt wird?"

„Wie bitte?", fragt sie noch einmal empört.

„Beim letzten Mal saßen wir zwölf Stunden mit leerem Magen im Warteraum und mussten am Ende ohne OP nach Hause. Das hat meine Tochter derart mitgenommen, dass sie hohes Fieber bekam."

„Hören Sie! Ich werde darüber nicht mit Ihnen diskutieren. Ihr Termin ist eingetragen und sollte auch wahrgenommen werden. Sie sind nicht der einzige Patient."

„Wissen Sie, seit diesem Tag hat meine Tochter große Angst vor dem Eingriff und möchte nicht ..."

„Der Eingriff ist nötig", unterbricht sie schroff. „Die Einwilligung einer Sechsjährigen ist dagegen nicht nötig. Bringen Sie das Kind am Freitag pünktlich in die Klinik!"

Ist diese Schwester ebenso grob zu Kindern wie zu mir? Dann möchte ich gar nicht, dass sie mit Nora zu tun hat. Aber vielleicht ist sie nur für die Termine zuständig.

Ich seufze und sage etwas gereizt: „Wir werden pünktlich sein, falls Sie garantieren, dass Nora zeitnah behandelt wird. Falls nicht, ziehe ich hiermit meine Zustimmung zurück."

Die Frau murmelt etwas, was ich nicht verstehe. Dann sagt sie laut: „Ich werde das dem Doktor melden. Sollten Sie den Termin nicht wahrnehmen, könnte er Ihre Reaktion als unterlassene Hilfeleistung werten und das Vormundschaftsgericht informieren."

„Sie drohen mir?", frage ich entsetzt.

„Ich tue nur meine Pflicht."

Als wir den ganzen Tag in der Klinik saßen, hat sich keiner verpflichtet gefühlt, sich um Nora zu kümmern.

„Und meine Pflicht ist, den besten Arzt für mein Kind zu finden. Ihrer Klinik vertraue ich nicht mehr."

Ich lege auf.

„Was ist nur in dich gefahren?", schimpft Lukas, als ich von diesem unangenehmen Telefonat erzähle.

„Musst du dich überall stur stellen und die Leute verärgern?"

Mir kommen die Tränen, weil er mich nicht versteht

und mich beschimpft, statt mich zu trösten. Wen habe ich denn verärgert? Die Krankenschwester? Sie hat eher *mich* verärgert und redete von Pflichten statt von Noras Ellenbogen und ihrer Angst. Lukas sieht die Dinge anders als ich. Das ist nicht schlimm. Schlimm ist, dass er erwartet, dass ich die Dinge so sehe wie er und mich so verhalte, wie er es für richtig hält.

Ich atme drei Mal tief ein und aus und sage: „Ich habe im Internet *Kinderchirurgie in Chemnitz* gesucht, neun Treffer gefunden und gleich den ersten Termin online gebucht."

Lukas verdreht die Augen und brummt: „Mach doch, was du willst!"

„Ich brauche deine Hilfe."

„Auf einmal?"

Er weiß, dass ich seine Hilfe brauche, weil er sich am Tag der Operation um die kleine Anni kümmern soll. Ich habe dann mit Nora genug zu tun und weiß nicht, wie lange so ein Eingriff dauert und wie sie damit zurecht kommt.

„Ich gehe den ganzen Tag arbeiten. Schon vergessen?" Grimmig schaut er mich an. „Während du nur daheim herumsitzt."

„Ich …"

„Immer nur ich, ich, ich!", schnauzt er. „Du hast Zeit und solltest dich selbst kümmern."

Enttäuscht gehe ich in die Küche und fülle mir eine große Portion Schokoladeneis auf einen Teller.

*****

Wir erhalten sofort einen Termin für die Vorunter-
suchung und gleich darauf für den Eingriff. Das
macht mich ein wenig stutzig, denn freie Termine
deuten auf wenig Zulauf. Vielleicht ist diese Klinik
nicht beliebt oder arbeitet schlecht? Beim Service
vergaben die Patienten nur drei Punkte von fünf
möglichen, aber mit der Behandlung waren alle zufrieden. Mich ärgert, dass ich nicht früher auf die
Bewertungen achtete. Doch nun habe ich Nora an-
gemeldet und werde mit ihr wie geplant hinfahren.
Der Bus hält direkt vor der Klinik.

Ich nenne am Empfang meinen Namen, während
sich Nora hinter meinem Rücken versteckt. Sofort
kommt eine junge Krankenschwester auf uns zu.
Sie trägt einen türkisfarbenen Kittel, der über und
über mit bunten Teddybären bedruckt ist, lächelt
Nora an und hält ihr eine gelbe Plüschente entgegen.

„Die ist für dich."

Nora strahlt und streichelt das Spielzeug.

„Ich bin die Lina. Komm! Ich zeige dir schon mal
dein Zimmer." Dann hebt sie kurz einen Arm und
ruft vergnügt: „Wir sind gleich wieder hier", und
verschwindet mit Nora an der Hand hinter einer
Tür, ohne dass sich mein Kind nach mir umdreht.

„Was passiert jetzt?", frage ich irritiert.

„Machen Sie sich keine Sorgen!", sagt die Frau

von der Anmeldung. „Gehen Sie im Park spazieren oder ins nahe Einkaufszentrum. In etwa drei Stunden können Sie die Kleine abholen."

„Muss sie nicht ein oder zwei Tage hier bleiben?"

„Nein, das ist nicht nötig."

Vielleicht hat mir das alles die Ärztin beim Erstgespräch erklärt, doch ich war viel zu aufgeregt, um all die vielen Worte zu verstehen oder habe sie glatt vergessen. Dabei hat sie sich viel Zeit genommen und auch lange mit Nora gesprochen. Mein Kind hat seitdem keine Angst mehr vor dem Eingriff, während mir die irrsinnigsten Gedanken durch den Kopf gehen und mich nervös machen.

Ziellos laufe ich durch den Park und stehe plötzlich vor einem Supermarkt. Dort kaufe ich mir eine große Packung Schokoladeneis und esse sie komplett auf. Zwar tut mir hinterher der Bauch weh, aber ich fühle mich trotzdem besser.

„Weil ich so brav war", erklärt Nora stolz und lutscht an einem großen Lolli. „Erdbeere", ergänzt sie. „Die Ente darf ich behalten. Sie heißt Bella."

„Das ist doch ein Name für einen Hund."

„Nein, Lina sagt, Bella heißt *Die Schöne*. Und Bella ist ganz besonders schön, weil sie ganz aus Gold ist. Goldig. Gelb eben."

Ich muss lachen und nehme Nora in den Arm.

„Willst du ein Eis?"

„Nein. Eine Banane."

Schluss

„Heiratest Du Lukas nun oder nicht?", fragt mich Olli am Telefon.

„Nein, weil wir uns nur noch streiten. Ich habe ihm klipp und klar gesagt, dass ich ihn nicht liebe."

Ich höre sie atmen, als ob sie nach Luft schnappt.

„Und er? Wie hat er reagiert?"

„Seltsam. Ich dachte, er rastet aus, aber er war wie versteinert und starrte mich nur wortlos an. Plötzlich fing er tatsächlich an zu heulen und jammerte, dass er mich liebt. Ich fand das lächerlich."

„Was bitte ist daran lächerlich?"

„Olli! Er ist ein Mann! Da sagt man so etwas nicht und vergießt auch keine Tränen."

„Du als Frau darfst das natürlich. Wie damals bei Robert, nicht wahr? Du hast ihm gesagt, dass du ihn liebst und er lachte dich aus und schickte dich fort."

„Aber das kann man doch nicht vergleichen! Ich war schwanger!"

„Aha, weil Lukas nicht schwanger ist, darf er keine Gefühle zeigen. Glaubst du nicht, dass ein Mann genauso empfinden kann wie du?"

„Nein. Das glaube ich nicht. Und wenn schon. Ein Mann bettelt nicht. Immerhin hat er sich wieder eingekriegt und ziemlich garstig gefragt, ob ich ein besseres Angebot habe."

Olli kichert.

„Lukas ist verletzt, weil du ihn nicht heiraten willst. Vielleicht liebt er dich wirklich. Er fühlt sich genauso zurückgestoßen wie du dich fühltest, als Robert dir den Laufpass gab."

Mir brennen die Augen, wenn ich an den Moment denke, als Robert mich kalt verstieß. Ich habe keins seiner Worte vergessen. Er sagte, dass er kein Kind will, schon gar nicht mit mir und dass ich mich schleichen soll. Diesen Schmerz spüre ich noch heute in meinem ganzen Körper.

Doch dass Lukas leidet, weil ich ihn nicht heiraten will, kann ich mir nicht vorstellen, obwohl er so anders ist als andere Männer. Irgendwie nicht normal.

„Ich weiß wirklich nicht, was ich von Lukas halten soll. Er ist nicht so ein Mann, wie er sein sollte. Er redet viel zu viel, hat lange Haare wie eine Frau und trägt Pferdeschwanz."

„Aber das sind doch nur Äußerlichkeiten."

„Und er arbeitet in einer Kita!", rufe ich empört aus.

Ich seufze, denn seine Arbeit beweist sein Wesen. Zu jeder Arbeit gehört ein bestimmter Charakter. Ein Handwerker wäre mir jedenfalls lieber als einer, der den ganzen Tag mit fremden kleinen Kindern spielt. Das ist sogar mir zu fad, weshalb ich meinen Dienst als Freiwillige längst beendete.

„Lukas behauptet, dass er nur das Beste für mich und die Mädels will."

„Und was ist das Beste für dich und die Mädels?

Dass er geht?"

„Logisch!", sage ich sehr entschieden, weil ich darüber nicht nachdenken muss.

„Dann trenne dich von ihm!"

Natürlich werde ich mich von ihm trennen. In Gedanken male ich mir aus, wie herrlich das wird. Anni ist im Kindergarten gut aufgehoben, Nora kommt zum Mittag aus der Schule nach Hause. Dann essen wir zusammen, was ich gekocht habe. Später holen wir die Kleine ab. Anni wird allerdings ständig nach ihrem Papa fragen. Ich ertrage es nicht, dass sie Lukas Papa nennt. Nora hat auch schon damit angefangen. Damit ist nun Schluss.

Den Einkauf müsste ich nun selbst erledigen. Aber das wird ganz wunderbar entspannt sein. Ich könnte durch die Stadt bummeln. Naja, das könnte ich jetzt auch. Immerhin hätte ich den ganzen Tag meine Ruhe. Auch abends, wenn die Mädels schlafen. Dann kann ich ungestört fernsehen, weil keiner da ist, der ohne Pause quasselt, unangenehme Fragen stellt und mich belehrt.

Wunderbar!

„Bist du noch dran?", fragt Olli, weil ich nichts mehr gesagt, sondern nur geträumt habe. „Es ist gut, dass du dich endlich entschieden hast. Dann musst du nicht mehr die Entscheidung hinnehmen, die Lukas für dich trifft."

Und schon hat sie aufgelegt. Dabei wollte ich noch so viel sagen, weil es nicht so einfach ist. Alles hat seine Vor- und Nachteile. Ich will allein leben und gleichzeitig nicht allein bleiben. Ich liebe meine beiden Mädchen, doch manchmal verkrafte ich die Verantwortung nicht. Lukas wollte beide Mädchen adoptieren und mir damit einen großen Teil Verantwortung abnehmen. Aber ich will nicht, dass sie ihn Papa nennen. Ich brauche Geld zum Leben, möchte aber mein Hausfrauendasein nicht aufgeben. Ich möchte eigentlich nichts ändern.

Trotzdem tippe ich *Job Hauswirtschaft Chemnitz* in mein Handy und erhalte sofort zwölf Vorschläge. Die meisten Angebote sind in Pflegeheimen, auch Großküchen, Kindergarten, Jugendherberge, meist Vollzeit oder nur Spätdienst. Am besten gefällt mir, für eine mobile Hauskrankenpflege halbtags zu putzen und zu waschen. Leider zahlen sie nur dreizehn Euro pro Stunde. Da bekomme ich nicht viel mehr als tausend Euro netto. Das reicht nie im Leben für Miete, Lebensmittel und Kleidung für mich und die Mädels. Ich habe gelesen, dass es als Missbrauch gewertet werden kann, wenn ich nur Teilzeit arbeiten und gleichzeitig Wohngeld erhalten will. Wäre ich mit Lukas verheiratet, müsste ich nicht den ganzen Tag in einer fremden Firma arbeiten.

Ich begreife, dass ich dumm wäre, mich von Lukas zu trennen. Liebe ist nicht so wichtig wie ein geordnetes Leben. Heute Abend werde ich ihm sagen, dass ich bereit bin, ihn zu heiraten. Er wird sich riesig freuen.

Als die Mädchen im Bett liegen, bitte ich Lukas, eine Flasche Rotwein zu öffnen. Er tut es sofort, gießt aber nur mir ein.
„Für dich auch!", fordere ich.
Doch er nimmt sich ein Bier und trinkt aus der Flasche.
„Nimm dir bitte ein Glas. Du weißt, ich mag es nicht, wenn du …"
„Du magst vieles nicht", unterbricht er mich.
„Dich mag ich und …"
„Auf einmal?"
„Und meine Mädels auch."
„*Deine* Mädels, ich weiß."
Lukas schaltet den Fernseher ein und nimmt einen weiteren Schluck aus der Flasche, obwohl ich ihn bat, sich ein Glas zu nehmen. Das ärgert mich und ich habe Mühe, den Ärger hinunterzuschlucken, aber ich will nichts riskieren, was die Stimmung verdirbt.
„Ich will mit dir anstoßen. Auf uns."
Lukas verzieht den Mund und fängt an, auf seinem Handy herumzutippen. Jetzt oder nie, mache ich mir Mut.
„Wollen wir am zehnten Oktober heiraten?", frage ich laut und erwarte, dass Lukas aufspringt und mich stürmisch küsst und umarmt. „Wir könnten

morgen zum Standesamt gehen, weil doch meine Unterschrift nötig ist."

„Den Termin gibt es nicht mehr und auch keine Hochzeit, jedenfalls nicht mit dir."

„Nicht mit mir? Hast du eine Andere?", frage ich panisch.

Sofort sehe ich Navid vor mir, der eine andere Frau heiratete, aber nicht mich. Und Robert, der sagte, dass er kein Kind will und schon gar nicht mit mir.

„Wie kommst du darauf?" Lukas schaut mich an. Sein Blick ist müde und gleichzeitig abweisend, fast verachtend. „Ich bin nicht wie du. Ich bin ehrlich. Wenn ich mit dir lebe, habe ich kein anderes Leben gleichzeitig mit einer anderen Frau."

„Aber du willst mich nicht heiraten?"

Wieder fällt mir meine Vergangenheit ein, als ich Navid verzweifelt fragte, warum er mich nicht heiraten will.

„Nein."

„Warum?"

Habe ich diese Frage geflüstert oder geschrien?

„Du liebst einen anderen Mann und denkst immer an ihn, obwohl er bereits gestorben ist. Gegen einen Toten, der in deinem Herzen weiterlebt, habe ich einfach keine Chance."

Lukas glaubt also nach wie vor an die Geschichte, dass ich mit meinem Mann in Kirgisien lebte und er dort bei einem Unfall starb. Er denkt, ich liebe diesen Mann, den es gar nicht gibt, so sehr, dass in meinem Herzen niemals Platz für ihn sein wird. Das tut mir auf einmal in der Seele weh.

Ich setze mich zu Lukas aufs Sofa und erzähle ihm alles: vom Tod meiner Mutter, vom Leben auf den Straßen in München, von meiner Ausbildung zur Hauswirtschaft, von Birger, von Noras Erzeuger Robert und von meiner großen Liebe Navid, der eine Frau aus seiner Heimat heiratete.

„Du vermisst diesen Mann immer noch."

Das war keine Frage, sondern eine Feststellung.

Ich zucke müde mit der Schulter.

„Aber ich bin hier. Bei dir und den Mädels."

„Ich weiß. Und ich will mir dir leben und dich heiraten."

Lukas stellt sein Bier ab und klopft leicht mit seiner Hand auf meinen Arm.

„Zu spät, Hanna. Ich werde euch verlassen."

„Aber du hast gesagt, dass du mich liebst. Dass du mich heiraten und die Mädchen adoptieren willst. Sie nennen dich sowieso schon Papa."

Lukas schaut mich nicht an.

„Du hast gesagt, du verlässt mich nie", rufe ich aus. „Du hast es versprochen!"

Ich wollte immer geheiratet werden, aber keiner meiner Freunde wollte mich: weder Birger noch Robert und auch nicht Navid. Jetzt will ich Lukas heiraten, doch auch Lukas will mich nicht.

Ein neues Leben kann man nicht anfangen,
aber täglich einen neuen Tag.

Henry David Thoreau

„Das Hotel meines Mannes" ist ein weiterer Roman der Autorin Petra Weise.

Klappentext: Die Türkin Hanife heiratet den Hotelier Henry und folgt ihm ins Ausseer Land. Erst dort erfährt sie von seinen Frauen und Kindern und merkt, dass sie ihn überhaupt nicht kennt. Soll sie ihn so wie er ist akzeptieren oder sich scheiden lassen und zu ihren Eltern zurückkehren?

Petra Weise wurde 1954 in Freiberg/Sachsen geboren und lebt nach zahlreichen Wohnungswechseln durch Hessen und Bayern seit 1993 wieder in ihrer Heimat Sachsen.

Sie liebt das Erzgebirge mit all seinen Traditionen und fühlt sich auch in den Alpen wohl. Wenn sie nicht schreibt, liest oder malt, wandert sie gern durch den Wald oder spielt Klavier.

www.autorinpetraweise.de